LE ROMAN DE LOUISE

HENRI GOUGAUD

LE ROMAN DE LOUISE

ALBIN MICHEL

« Il est grand temps de rallumer les étoiles. »

Guillaume Apollinaire

1.

Nom : Louise Demahis-Michel. Elle naît en mai 1830 dans la Haute-Marne, à Vroncourt, vaste et massive maison forte autrement nommée le Tombeau. Sa mère, Marianne Michel, y est depuis toujours servante. Son père, lui dit-on, est le fils du château. Louise, donc, est une bâtarde. En ce temps-là, dans nos campagnes, c'est pire qu'une infirmité, c'est un début de mélodrame. La pécheresse, le front bas, le fruit de ses amours coupables emmitouflé dans ses haillons, aurait dû quitter la demeure sous le regard tempétueux du chef de famille outragé. Mais non, dans cette maison-là, c'est le séducteur qui s'efface. Le vague Laurent Demahis va chercher une épouse ailleurs. Marianne et la petite Louise restent toutes deux au château auprès du vigoureux grand-père Demahis et de sa très discrète épouse. Voilà qui n'est guère commun. Il semble qu'à Vroncourt errent, parmi les êtres, de ces brumes fantomatiques qui rongent les cœurs, en secret. Le Tombeau. Les gens du village ont toujours appelé ainsi la rébarbative bâtisse. Que savent-ils de son histoire ? Peut-être presque tout, sans doute rien de sûr. La vie, apparemment, y est pourtant paisible, joyeuse, tendre, heureuse enfin. Louise le dit dans ses *Mémoires*. Son grand-père y est pour beaucoup.

Chaque soir à Vroncourt on se tient en famille devant la haute cheminée. Ses flamboiements n'éclairent guère que les dalles alentour du feu. Les échos du château disent qu'il est trop vaste. Le long des tentures fanées on entend trotter des souris. La face illuminée par les lueurs dansantes, Louise lit un ouvrage emprunté au fouillis de l'ancestrale bibliothèque. Joséphine et Nanette, deux filles du village amies de la maison, se pelotonnent au plus près d'elle. Grand-mère au bord de l'ombre écrit Dieu seul sait quoi dans le cahier secret à couverture rouge où elle tient le journal quotidien de sa vie. Marianne, jeune mère au regard tendre et bleu, fredonne en reprisant des bas. Elle sert ici depuis l'enfance, elle est presque de la famille. Deux chats sommeillent dans les cendres. Grand-père Demahis, érudit débonnaire et hobereau désargenté, règne sur cette maisonnée. Il est d'une lignée de nobles gens de robe mais la Révolution a terni son blason, ce dont il sourit volontiers. L'Ancien Régime est oublié. Voltaire est son maître à penser, il s'affirme républicain et quand sa grosse main se pose sur les cheveux de la petite assise au pied de son fauteuil, dans le regard qui la contemple brille un amour de vieux soleil.

Louise, à cinquante ans, se souvient. Malgré tant de tourments subis, tant de batailles traversées, on sent son cœur se réchauffer, s'égayer, s'émouvoir tout doux à retrouver l'enfant qu'elle fut, vivace, impertinente, affamée de réponses à ses mille questions. Le vieil homme, jour après jour, semble prendre un plaisir aimant à nourrir cette tête-là. Dès six ans elle entend la langue de Voltaire, elle découvre Hugo, Lamartine, Corneille, Diderot. Elle apprend Molière par cœur, le joue pour ses cousins dans la cour du château, s'en gonfle la poitrine, s'en fait des festins d'envolées. Elle s'abreuve de chaque livre comme d'une source de vie. Et quand elle ne lit pas, elle écrit des poèmes, ou elle explore en sauvageonne ses paysages familiers.

Ils ne vont pas plus loin, pour l'heure, que le bois au-delà du clos, les maisons basses du village, au bout du chemin charretier, les rocs moussus de la montagne où elle se baigne de vent frais en écoutant au loin les loups, le sentier ombragé de saules où aux beaux jours elle s'en va seule à la rencontre du moulin en se fredonnant des chansons qu'elle a rimées pour elle seule. Elle a un lieu secret, une chambre aux trésors, au plus haut de la tour nord, une loge sous la charpente. Perchée dans son nid introuvable, elle savoure la liberté voluptueuse et jubilante de l'enfant à l'abri de tout, même des appels de sa mère, là-bas, dans le monde des grands. Elle accumule là des cailloux ramassés, des crânes de chevaux trouvés au bord des champs, des creusets, un trépied, des cornues d'alchimiste. Elle y observe les étoiles, elle y joue de son luth, fièrement appelé sa « lyre » de poète, bâtie de planches de rencontre et de quelques cordes volées à des guitares de grenier. Elle y invoque aussi le Satan campagnard qui parle le patois dans les contes des vieilles gens. Se veut-elle sorcière ? Sans doute, certains jours. Elle aime cette peur qui la fait frissonner au seuil des portes interdites. Elle n'est pas seule dans sa tour. Elle y abrite son Olympe, la chouette aux grands yeux étonnés, et des chauves-souris qu'elle estime charmantes. Elle les nourrit de lait comme des petits chats.

Dix ans. Elle a poussé trop vite. Elle se décrit en grande bringue, hardie, insolente, sans grâce. On la trouve laide. Elle s'en moque. Sa mère s'en froisse. Elle en rit. Elle explore les arbres avec son cousin Jules. Chacun choisit le sien. Par goût libertaire peut-être, ou désir sourcilleux d'être maître chez soi, ils ne se risquent pas dans les mêmes feuillages. D'un perchoir à l'autre, à deux voix, ils déclament *Hernani*, *Ruy Blas* ou *Le roi s'amuse*, ils s'enivrent jusqu'à plus soif de poèmes tonitruants, discutent en se jetant des pommes de l'égalité nécessaire des hommes et des femmes futurs. Dans la cour, derrière le puits, ils jouent à la Révolution sur un échafaud de fagots où ils clament, avant de périr aux pieds d'un tyran virtuel, leur amour de la République. Drôles de jeux pour des enfants délurés, certes, turbulents, mais au fond étrangement graves. Louise écrit à Victor Hugo, vers ses quinze ou seize ans, des lettres interminables, exaltées, déchirantes. Il est son grand homme, son maître, son confesseur, l'être si haut qu'on peut lui parler comme à Dieu. Et ce qu'elle lui dit, cœur à nu, de son enfance à peine enfuie est infiniment plus amer, plus hérissé, plus misérable que les souvenirs attendris confiés, entre deux prisons, aux premiers feuillets des *Mémoires*. Après quarante ans de combats, elle se souvient trop gentiment.

Tante Agathe, sœur de son père, l'aimait, nous dit-elle, beaucoup. Ses confessions adolescentes sont plus grinçantes, pour le moins. La dame, un jour d'été, en visite à Vroncourt, gronde grand-mère Demahis qu'elle a découverte occupée à jouer au piano un air à quatre mains avec la petite bâtarde.

– Vous l'élevez mal, lui dit-elle. Vous l'incitez trop à rêver plus haut que son front de pauvresse.

Une vieille, un soir au village (Louise s'est blottie dans ses bras), se penche sur ses yeux fermés et lui marmonne, à voix rouillée :

– Va-t'en dormir au cimetière, va, petite, c'est là ton nid.

« Je suis maudite, pense-t-elle. Ce monde ne veut pas de moi. » On la raille.

– Hé, où est ton père ?

Elle ne sait pas. Elle pleure. On rit. Il vient pourtant de temps en temps, ce père fantôme, au château. Elle l'attend, espère de lui elle ne sait trop quoi, des mots simples, une caresse sur la joue, un sourire, même furtif. Mais rien, pas un regard. Pourquoi ?

– C'est que tu n'es pas assez sage.

On lui dit cela. Elle entend : « Je ne vaux rien. Je ne suis rien. » Elle se réfugie dès qu'elle peut dans les jupons de sa grand-mère. La vieille dame la console, lui chante de longues chansons, pleure aussi, parfois, avec elle. Elle non plus n'est pas heureuse.

Elle a perdu il y a longtemps son premier enfant en bas âge et la maison en a gardé un air de deuil perpétuel. Sa fille Agathe a mal tourné. Elle s'en est allée à la ville vivre un amour de mauvais cœur, elle a connu quelques années vaguement scandaleuses, obscures, et quand elle revient à Vroncourt, de temps en temps, pour des vacances, d'incompréhensibles disputes rebondissent contre les murs. De l'ombre où elle se tient, le dos courbe, à l'affût, Louise écoute les voix terribles de ses grands-parents tant chéris qu'elle ne reconnaît plus. Elle tremble. Elle supplie le Ciel de les rendre à la paix, aux bontés des livres, aux musiques, aux gestes d'amour sans lesquels elle ne peut pas vivre.

Laurent, son père supposé, un dimanche vient au château. Il adresse quelques mots secs à la sauvageonne muette qui l'attend, droite sur le seuil :

– Ne me regarde pas ainsi. Je ne suis pas ce que tu crois. On a voulu te le cacher mais, sache-le, je suis ton frère.

Elle en reste pétrifiée. Le vieux Demahis, son vrai père ? Pourquoi ne lui a-t-on rien dit ? « Je suis, pense-t-elle, une honte, je suis un reproche vivant. » Elle avoue comme à Dieu sa détresse à Hugo. « Si je ne vous écrivais pas, dit-elle au poète lointain qui répond toujours à ses lettres, je crois que je ne pourrais vivre. » De quoi rêve-t-elle, en ces temps ? D'un haut refuge au fond des bois, d'un château fort inattaquable protégé des assauts du Mal par une armée de fées guerrières et d'invincibles magiciens. Mais non, elle n'y pourrait pas vivre.

Que ferait-elle, dans ces murs, loin de ses vivants bien-aimés, loin des perdus à secourir ? Elle vole, çà et là, quelques sous à grand-père, qui n'en ignore rien, pour nourrir en catimini des pauvres du village abandonnés de tous. Par pure bonté ? Oui, sans doute. Mais aussi, peut-être surtout, par nécessité viscérale. Elle ne peut pas faire autrement. Sa révolte est irrémédiable contre l'injustice du sort qui a fait d'elle une bâtarde et des réprouvés ce qu'ils sont. Elle connaît, comme eux, le malheur d'être de trop dans ce bas monde, d'être méprisé, laissé seul. « Tante Agathe m'aimait beaucoup. » Étrange erreur. De fait, c'est Louise qui éprouve pour cette femme traitée à mi-voix de putain pour ses fredaines supposées une affection de braise ardente. Pourquoi ? « À cause du mépris que les gens d'ici lui témoignent. » Elle l'écrit à Hugo, et deux lignes plus loin, elle lui avoue que oui, pour cette dévoyée, cette mal-vue des bonnes âmes, elle aurait pu risquer sa vie. Elle est déjà là tout entière. Dès l'enfance elle choisit son camp, celui des vivants malvenus, des mourants de faim ou d'amour, c'est pour elle même douleur.

Elle est aussi la sœur des bêtes. Elle se sent responsable d'elles. Elle se soucie dès les beaux jours du nid des oiseaux revenus de leur long voyage d'hiver, des lapereaux abandonnés qu'elle nourrit de lait, de brins d'herbe, de la vieille jument Brouska qu'elle fait entrer dans la cuisine pour lui offrir du pain au miel. Heureusement, Vroncourt est vaste. Elle héberge et prend soin d'une flopée de chats, de chiens, de moineaux de passage, d'un jeune chevreuil, de tortues, de vaches à qui elle va parler, dès son lever, dans leur étable, pour désennuyer leurs matins. Elle sauve des crapauds sur des chemins passants, elle les ramène dans ses poches à l'abri des murs du château, de crainte qu'un chariot les mélange à la boue, ou que des garçons s'en amusent, à coups de fronde ou de talon. Elle les chérit plus que les autres. Ne sont-ils pas, parmi les êtres, ceux qui souffrent le plus crûment de la méchanceté des forts ? Patauds, disgraciés, monstrueux, sans défense face aux sabots des malveillants, ne sont-ils pas les oubliés, les perdus de la Création ?

Elle suit des chasseurs du village, un jour, au fond d'un bois rocheux. Ils traquent une louve. Ils la trouvent. L'animal est cerné, perdu. Les hommes épaulent leurs fusils. Louise tombe à genoux, en larmes, les mains jointes, supplie qu'on lui laisse la vie. Les yeux éperdus de la bête la font balbutier de chagrin. On la repousse et l'on s'étonne, on la trouve étrange, un peu folle. Elle l'est, oui, et de folie simple. Elle ne peut supporter le mal que subissent les innocents. Sa tête, son cœur et son corps lui hurlent que ce n'est pas juste. La justice, forte exigence. La nature ignore tout d'elle, les humains aussi, trop souvent, mais c'est sur elle que l'enfant se construit un monde vivable. Elle souffre et souffrira toujours de son absence inacceptable parmi les pauvres de son temps.

Elle est née ainsi, plus que nue, comme livrée sans peau à la rigueur des jours. Tout du dehors pénètre en elle, les appels, les effrois, les plaintes, les désarrois autant que les chansons du vent, les paroles des arbres ou la complicité des astres et des cailloux. Car elle a aussi l'ouïe fine aux musiques, aux frémissements, aux insaisissables bonheurs qu'elle sent partout, en plein soleil comme dans les nuits à hiboux. L'enfance de Louise a ses peines, ses blessures, ses cruautés et ses effrois inguérissables, mais aussi ses printemps, ses jeux, ses tendresses, ses folles joies. L'adolescente qui confie sa détresse à Victor Hugo et la pétroleuse mystique qui, quelque quarante ans plus tard, sourit à ses jeunes années disent deux vérités solubles dans une seule et même vie. Elle est poète et révoltée, teigneuse, écorchée, insolente, attendrie par le moindre chat venu gratter à sa fenêtre, exaltée, forte de savoirs. Elle voit le monde ensorcelé, semblable à la Bête du conte, qu'il lui faudra à toute force aimer assez obstinément pour qu'enfin il ose être beau.

Est-il dans son cœur une place pour un amour simple, ordinaire, fait de soucis et de plaisirs, de couvées, de maison bourgeoise ? Elle n'a guère plus de douze ans quand un homme vient au château et demande au vieux Demahis la main de sa petite-fille. Grand-père fait appeler Louise. Il la présente au prétendant. Un œil affable et l'autre mort (il est en verre, apparemment), le bonhomme la complimente, puis, le chapeau sur le nombril, il se risque à lui annoncer qu'il veut partager sa fortune avec une femme élevée dans le respect des bonnes mœurs. La sauvageonne joue les prudes mais c'est pour mieux égratigner. Elle vient justement de relire, à l'instant, *L'École des femmes*. Les vers de son ami Molière lui viennent tout seuls à l'esprit. Elle récite au gros ébahi la fameuse scène où Agnès s'ingénie à jouer les ingénues malignes auprès d'Arnolphe, son tuteur, puis elle lui lance, tête haute, au bout d'un ricanement gai :

– Avez-vous compris, cher monsieur ?

Et comme l'autre reste sot, elle penche de côté le front, considère avec intérêt l'œil valide du malvenu et s'informe, faussement triste :

– Est-il en verre, lui aussi ?

L'homme s'en va, rogneux, sans saluer personne.

Un autre, à quelque temps de là, vient faire à son tour sa demande. À ce veuf d'âge conséquent, elle tient cet honnête discours :

– Monsieur, je ne vous aime pas. Voyez-vous ces cornes de cerf pendues au mur, là-bas derrière ? Eh bien, si par malheur vous étiez mon mari, vous en porteriez sur le front de plus hautes que celles-là.

De ce jour, plus aucun candidat au mariage ne franchira le seuil du château de Vroncourt. Les gens au village murmurent que ce vieux fou de Demahis est encombré d'une pécore impossible à civiliser. Louise la laide (à ce qu'elle dit) ne veut d'époux à aucun prix. Elle le proclame, elle s'en amuse. Servir la soupe à un mari ? Idée saugrenue, ridicule. Ses exigences sont infiniment plus hautes. Deux corps, une seule âme, un unique idéal, elle ne désire rien de moins. Un compagnon de même cœur, de même chant, de même rêve, et d'esprit à même hauteur, uni à elle à tout jamais comme le sont l'ongle et le doigt, voilà le seul époux que sans doute elle espère, secrètement, dans ses tréfonds. Mais viendra-t-il ? Jamais, sans doute. Autant éviter d'y penser. Qu'importe, elle a tant de perdus à secourir au bord des routes, tant d'injustices à réparer, tant de déchirures à recoudre. Et puis n'est-elle pas poète ? Ne porte-t-elle pas en elle ces vents jubilants, ces tempêtes qui balaieront bientôt le vieux monde sali par ces diables de tout-puissants ?

Son goût de l'absolu, pourtant, en ce temps-là, la tiraille vers Dieu. La sœur de sa mère, Victoire, rescapée d'un couvent voisin (elle y fut quelque temps nonnette), est une dévote chétive à l'air sans cesse illuminé. Quand elle dit la foi qui l'habite, son regard se perd en plein ciel et Louise, fascinée, l'observe et se demande : « Sourit-elle ainsi de Le voir ? » Elles vont souvent s'agenouiller dans la pénombre de l'église. L'enfant aime ces longs moments où elle prie le Père des pères, lointain, sans doute, silencieux, mais si ardemment désiré.

– Vois, ma Louise, Il est là, lui murmure tante Victoire.

Elle s'extasie. L'enfant regarde, elle ne perçoit rien que l'air gris, mais ce qu'elle ressent la remue, l'emporte au-delà de son corps. Elle parle de prendre le voile, de se faire sœur des misères, de consacrer sa vie aux oubliés du Ciel au nom du grand Muet, là-haut, qui sûrement attend tout d'elle.

Chez grand-père, autre son de cloche. Voltaire raille et Hugo tonne, on moque, on fustige, on déteste l'empereur Napoléon III, autrement nommé Badinguet. On s'indigne de sa mollesse, de la corruption qui infecte le corps obèse de l'État. On espère la République, la vraie, intègre et fraternelle. On respecte sans doute Dieu mais on croit au génie des hommes, à la science, aux savoirs futurs plus qu'aux homélies du dimanche. D'ailleurs l'Église, en ce temps-là, est du parti des royalistes. Louise en est-elle déchirée ? Non, le vieux Demahis et sa tante Victoire font bon ménage dans son cœur.

Elle doit cette grâce à un homme autant fameux que décrié, dont l'œuvre suscite en ces temps d'homériques enthousiasmes : Hugues-Félicité Robert de Lamennais, prêtre républicain, mystique et libertaire. En 1834 il publie un prêche étonnant, *Paroles d'un croyant*, qui à peine paru bouleverse partout, en France et en Europe, les cercles littéraires et les clubs de penseurs. À Vroncourt on connaît évidemment ce livre. Grand-père Demahis le conseille à sa Louise. Et la voilà un soir, devant la cheminée, penchée en compagnie de son amie Nanette sur le fameux ouvrage. Elle le murmure à voix menue et ses yeux peu à peu s'éclairent, s'illuminent, elle inonde bientôt les feuillets de ses larmes. Tout est limpide, enfin, en elle. Ce qu'elle sent et croit juste, ce que depuis toujours elle sait de source intime est là, dans ces paroles qu'un prêtre visionnaire a dédiées au Peuple.

Lamennais dit que Jésus-Christ fut toujours du côté des humbles, et qu'avec le pain quotidien sont dues aux pauvres de ce monde la justice et la liberté. Les puissants ? Ils sont détestables. Ils tiennent les gens sous le joug, tirent profit de leur labeur et n'ont de désir, ces rapaces, que d'argent, encore et toujours. Ceux-là prétendent croire en Dieu, mais ils n'ont que Satan pour maître comme tous ceux, les orgueilleux, les cupides, les sans-scrupules, qui ne peuvent souffrir d'égaux et ne veulent que dominer, qui dépouillent les gens de bien par force hypocrite ou brutale, et qui sur des assassinats assoient sans remords leur pouvoir. Donc, tonne encore le saint homme, gens du peuple qui espérez le royaume de Dieu sur terre, révoltez-vous et combattez ceux qui veulent vous voir esclaves, sinon gardez vos fers aux pieds, renoncez au bonheur de vivre, vous n'êtes pas dignes de Lui.

Le père Lamennais fut excommunié et ses *Paroles d'un croyant* estimées impies par l'Église. Qu'importe. Louise, ce soir-là, découvre son saint Évangile. Elle le baptise de ses pleurs. De sa vie elle n'en aura d'autre. C'est ce livre cent fois relu qui lui a ouvert le chemin dont elle ne déviera jamais.

2.

Fin 1844. Louise a quatorze ans. C'est l'automne. Grand-père Demahis est mort ce trente novembre pluvieux aux premières lueurs de l'aube. L'enfance de la sauvageonne s'éteint, ce jour-là, avec lui. On a couché le grand vieillard dans la pénombre de la salle où il aimait, le soir, les lorgnons sur le nez, faire la lecture à l'enfant qui regardait danser le feu près du fauteuil maintenant vide, comme abandonné, lui aussi, par toute espérance de vie, toute chaleur, toute mémoire. Le vent pleure, dehors, et dedans Louise, les mains jointes, s'est agenouillée sur les dalles, à l'écart des vivants assis qui reniflent dans leur mouchoir. Dans la turbulente rumeur qui fait gémir les volets clos, elle prie pour l'âme de celui qu'elle n'a jamais appelé « père » et qui pourtant est le seul homme dont elle ait ému le regard, le seul aussi qui ait ouvert, dans son esprit mal fagoté, un appétit enthousiaste pour les grands auteurs nourriciers. À l'instant de ses derniers mots il n'a pas demandé de prêtre. Il est mort « en républicain », comme l'on dit en ce temps-là, et l'adolescente en prière qui cherche elle ne sait quel secours dans l'obscurité du plafond avoue à son cher maître Hugo, quelques semaines après ce jour (« de vous à moi », lui écrit-elle), qu'elle ne peut sérieusement croire à l'éternité de l'enfer. Dieu ne saurait être affublé de la coiffe carrée d'un juge. Si grand-père fut imparfait, si son âme en a quelque peine, la prière qu'elle dit pour lui n'est rien de plus ni rien de moins qu'un murmure consolateur. Elle lui donne l'amour qu'elle a. Elle sait déjà confusément qu'elle devra traverser sa vie sans béquilles surnaturelles. Les *Paroles* de Lamennais ont inscrit à jamais en elle que c'est aux hommes de bon cœur de mettre au monde un jour cet Être si impatiemment désiré, pétri de bonté, de justice, de liberté, de compassion. Si l'on croit en Lui, que ce soit comme on croit à l'enfant à naître. Louise est convaincue de cela. Reste l'obscur, le grand mystère qui la fascine ce jour-là, et la fascinera toujours.

Au lendemain des funérailles, Agathe s'installe au château. Elle est en mauvaise santé. Les épreuves l'ont abîmée. Elles ont usé, aussi, ses hargnes, ses rudesses. Elle regarde Louise, à présent, d'un œil de temps en temps moins sec. « Elle m'aime enfin comme je l'aime », se dit l'affamée d'affection qui la dorlote avec l'excessive passion qu'elle met sans cesse au soin des autres. Quelques mois passent, vient l'hiver. Tante Agathe, de jour en jour, s'affaiblit, s'étiole, se meurt. Ses yeux, un matin, restent clos. À peine est-elle mise en terre, nouveau coup du sort, nouveaux pleurs. C'est Laurent, le fils Demahis, que Louise doit accompagner par les allées du cimetière. Elle se veut encore sa fille et sait pourtant qu'elle ne l'est pas. Question entre toutes interdite. Elle refuse d'imaginer que sa mère ait pu lui mentir. « Les bâtardes portent malheur. Tous ces chagrins sont de ma faute. » Elle se dit et redit cela. De ces méchantes balivernes les démons nichés dans son cœur font d'intraitables vérités.

Mais elle résiste, elle se révolte. Elle décide cette année-là qu'elle sera poète, et rien d'autre. « Si je meurs à vingt ans, écrit-elle à Hugo, qu'au moins ce monde impitoyable m'ait entendue crier pitié pour ceux qui souffrent et désespèrent. » Elle écrit des chants de révolte, imagine des opéras, emplit des cahiers de poèmes. Leur musique la garde forte, tient au large ses désarrois, ses effrois, ses sabbats de spectres. Rares seront les jours, en prison, en exil, même sous la mitraille, où elle n'écrira pas. Le chant de la source de vie, au plus intime de son âme, fera toujours, sur ses chemins, reculer l'ombre de la mort.

Octobre 1850. Grand-mère Demahis, l'aïeule tant aimée, dernière de la maisonnée, se défait aussi de la vie. Depuis que Louise est de ce monde, elles ne se sont jamais quittées. C'est elle, cette vieille dame aux paroles simples, patientes, aux gestes toujours mesurés, qui pour ses cinq ans lui a offert le premier livre de sa vie : un abécédaire illustré. Un jour de rêverie l'ancienne pétroleuse se souvient de ces moments doux où l'aïeule lui désignait chaque lettre de l'alphabet de son aiguille à tricoter, puis revenait à son ouvrage pour compter à mi-voix ses points. « Nous étions si proches ! » dit-elle. Étrange, insondable affection. Peut-être perdues, oubliées dans ce château trop grand pour elles, dans ce monde inhospitalier auquel elles ne comprenaient rien, l'épouse délaissée par un mari distrait qui lui préférait sa servante et l'enfant de trop mais bien là se sont-elles vues l'une l'autre comme leur planche de salut. Il est sans doute des bontés devant lesquelles il faut se taire. La femme abandonnée aurait dû détester l'humiliante malvenue. Le fait est qu'elles se sont aimées d'un amour simple, sans questions, tranquille comme une évidence.

Le château déserté chargé d'ans et de deuils est bientôt mis en vente. Les murs moussus, le clos, les arbres, le banc de pierre dans la cour, le refuge en haut de la tour où sont encore les trésors d'une enfance déjà lointaine, tout cela est bientôt envahi, profané par des étrangers suspicieux que l'on invite à visiter et qui estiment froidement, le nez haut et les mains au dos, le prix de ce qui n'en a pas.

Louise observe de loin ces gens, ricane pour cacher sa peine de voir des passants inconnus piétiner en parlant finances les mélancolies, les tendresses, les beautés de ses souvenirs. Elle a bientôt vingt ans. Elle sait qu'il est grand temps de quitter pour toujours le nid. D'autant que règne sur Vroncourt, désormais, une forte tête : la veuve despotique de Laurent Demahis, géniteur supposé de cette gourgandine qu'elle a toujours considérée, la bouche courbe et l'œil mauvais, comme une sorte de souillon égarée chez les gens du monde. Cette femme est seule héritière de la séculaire bâtisse et des vastes champs alentour. Elle l'est aussi du nom qu'usurpe, à son avis, la fille accidentelle de son époux défunt. Elle exige, elle obtient que Louise soit officiellement rayée des registres de la famille. Elle ne s'appelle plus, désormais, Demahis. Elle n'en a plus le droit. La faute est effacée. La laideronne de Vroncourt se rêvait donc grande bourgeoise ? Erreur corrigée. Elle n'est rien. Elle n'est plus que Louise Michel, puisque sa servante de mère porte, paraît-il, ce nom-là.

Retour à la vérité simple. Louise ne fut jamais de ce monde immobile où les habitants des châteaux sont par nature respectables. Elle a toujours été, tant de cœur que d'esprit, une pauvresse aimée, un temps, d'une grand-mère délaissée et d'un sceptique voltairien gardien d'une seigneurie morte. L'intraitable héritière la met sans le savoir sur la route déjà tracée par ses convictions, par sa foi, par sa nature d'écorchée. Louise ne sera pas, comme elle aurait pu l'être, prisonnière à perpétuité d'un château à demi ruiné. La voilà vraiment appauvrie, et donc plus proche de ces gens qu'elle a toujours voulu servir. Pas un mot d'elle pour s'en plaindre. D'ailleurs, elle n'est pas au ruisseau. Grand-père Demahis, avant de trépasser, a doté Marianne et sa fille de quelques arpents de prairies d'un rapport modeste, sans doute, mais suffisant pour subsister. Les deux femmes, donc, s'établissent auprès de grand-mère Michel, dans une maison du village plantée seule au bord du chemin qui monte vers le cimetière.

Louise n'y reste pas longtemps. Elle ne peut vivre de ses rentes. Il lui faut choisir un métier. Il n'en est qu'un, à l'évidence, qui fait battre plus fort son cœur quand à voix haute elle l'imagine. Elle pense depuis ce vieux soir où elle inonda de ses larmes les *Paroles* de Lamennais qu'il n'est de liberté possible, de justice, de beau futur que pour un peuple enfin défait de ce fardeau paralysant : l'ignorance qui tient les gens en perpétuel esclavage. L'Église ? Au diable son bon Dieu qui ne veut voir que têtes basses. Elle espère la République, elle est sûre de ses vertus, elle veut farouchement être utile à ces êtres, ces errants de cœur et d'esprit qui ne savent pas ce qu'ils sont, ni ce que l'on fait de leur vie. Elle sera donc institutrice.

Elle fait ses études en pension, une année à Chaumont, quelques mois à Lagny où elle prépare le concours qui, elle l'espère, fera d'elle, à la fin de l'année qui vient, une semeuse de savoirs sous les cheveux ébouriffés des hommes libres de demain.

Après quelques jours de leçons et de devoirs trop difficiles, son enthousiasme flambant tremblote, pâlit et s'éteint. C'est moins simple qu'elle n'avait cru. Son écriture est illisible, ses cahiers semblent griffonnés par une armée de mouches folles. Sa plume court depuis toujours comme les mots viennent. Trop vite. C'est inacceptable. Elle l'admet. Elle passe des soirs et des nuits à civiliser sa main droite, à former comme il faut les lettres. Elle s'oblige aussi sans repos à farcir son crâne rétif d'équations, de fractions perverses, de géographie, de grammaire. Elle en ignore à peu près tout. Elle n'a jusque-là fréquenté chez son grand-père Demahis que la haute voix des grands hommes, les fureurs de Ruy Blas, d'Hernani, d'Andromaque, les insolences de Molière, les enseignements de Rousseau. Les points, les virgules l'agacent, l'ordre lui est une torture, la patience un chemin de croix. Les études, décidément, lui sont de méchantes compagnes. Soucis minuscules, sans doute, auprès des deuils qu'elle a subis, mais cet examen qui l'attend, ce dragon, là-bas, qui la guette, gueule béante, en plein juillet, fait tourner son sang en vinaigre.

Voici l'épreuve. Sa main tremble. Sa tête est un fouillis de mots. Elle fait de son mieux. Elle échoue. Nouveau concours début septembre. Cette fois elle franchit le cap. La voilà maîtresse d'école au village d'Audeloncourt.

Un soleil neuf se lève enfin. Elle sait maintenant ce qu'elle veut, ce qu'elle refuse, ce qu'elle est. Enthousiaste, révoltée, toujours aussi mal fagotée, elle se sent prête à défier tout ce qui lui viendra devant.

Premier jour, première bravade. Chaque matin, avant les cours, les écoliers (la loi l'exige) doivent dire le « Notre Père », agenouillés sur le plancher. Désormais, plus de patenôtres. Les temps obscurs sont révolus. On chantera *La Marseillaise*, à pleine poitrine, debout. Elle l'a décidé, voilà tout, et tant pis pour le règlement. Scandale à la maison de Dieu, hauts cris des défenseurs de l'ordre. On l'accuse d'être une rouge. Dans ces campagnes, c'est mal vu. Elle ne le nie pas, elle s'en vante et, mieux, elle aggrave son cas. Un soir, dans les rues de Chaumont où elle se promène et plaisante au bras d'une amie d'enfance, lui vient une idée de loustic. Elle la confie à sa compagne. Elles en rient beaucoup toutes deux. Il fait nuit, personne dehors. Elles se glissent en catimini sous les fenêtres endormies et dessinent à la craie d'école, sur les portes des gens connus pour leur dévotion à l'Empire, un signe d'autant plus suspect qu'il n'est guère identifiable. Le lendemain matin, sur le seuil des maisons, on se désigne ces méfaits entre voisins, et l'on s'inquiète. Les uns y flairent une menace, les autres croient deviner là un graffiti républicain, certains n'y voient, tout compte fait, qu'une banale oreille d'âne. Louise avoue. C'était bien cela. Le soir venu, dans l'omnibus qui la ramène chez sa mère, elle orne de ce même signe le dos de l'habit d'un monsieur à gros ventre et chaîne de montre qui s'essayait un peu trop fort à l'éloge de l'empereur. Le voyageur, bien sûr, s'indigne. Elle le toise, railleuse :

– Milord, nous espérons la République. Vous avez raison de nous craindre. Nous sommes nombreux et hardis.

Enfantillages. On les oublie. Après quelques jours ordinaires elle fait à nouveau parler d'elle, et cette fois plus gravement. Mademoiselle l'institutrice écrit, après ses cours du jour, un feuilleton de mauvais goût pour un journal de la région. Elle y raconte les bassesses et les crimes de Domitien, empereur de l'antique Rome qui se plut à faire grand mal, quelque temps après Jésus-Christ. Elle parle en vérité d'un autre. Chacun peut reconnaître, à peine travesti en sinistre bouffon, l'empereur Napoléon III. Cette fois on s'émeut partout en Haute-Marne. La rumeur consternée enfle jusqu'au chef-lieu. Le préfet, alerté, convoque la coupable. Les voici tous deux face à face dans le bureau capitonné. Louise joue la fausse naïve, l'autre est évidemment furieux mais son œil dit qu'il est bon père.

– Vous avez outrageusement insulté le chef de l'État, gronde-t-il, l'index remuant. Un tel délit mériterait que je vous envoie à Cayenne sans autre forme de procès. J'en ai le pouvoir, sachez-le, et si vous n'étiez pas si jeune, assurément je l'aurais fait.

L'accusée hausse le menton et souriant insolemment :

– En bonne logique, monsieur, ceux qui ont osé reconnaître le maître de notre pays dans le portrait assez grossier que j'ai peint de ce Domitien l'ont abaissé plus méchamment que je ne l'ai moi-même fait. Quant à Cayenne, voyez-vous, j'y ouvrirais bien volontiers une maison d'enseignement, mais hélas je ne peux m'y rendre, le voyage est trop onéreux pour une maîtresse d'école. Si vous en assuriez les frais, tout le plaisir serait pour moi.

Le préfet désigne la porte. L'affaire ne va pas plus loin.

Bien sûr, elle aime provoquer. Elle peut paraître puérile, on croirait entendre parfois un d'Artagnan en jupons, mais non, elle ne parade pas. Ce qu'elle dit là, la tête haute, elle le fera vingt ans plus tard, après la Semaine sanglante, déportée parmi ses pareils en Nouvelle-Calédonie. Elle y sera l'institutrice des Canaques colonisés, ces indigènes à demi nus regardés comme des sous-hommes par leurs maîtres occidentaux. On dirait qu'elle sait tout, déjà, de son destin, et qu'elle en est fière d'avance. En tout cas il ne l'effraie pas. À tout juste vingt-cinq ans, elle a choisi son camp et sa route de vie, celle des lendemains qui brûlent. Elle écrit un jour au préfet, qui paraît éprouver pour elle une affection inavouée depuis leur fumante entrevue : « Il n'y a plus de travail, la famine menace. Il faut fonder d'urgence un bureau de secours pour les gens sans ressources, ouvrir des ateliers et des chantiers nouveaux. » Sinon, dit-elle encore, et l'on sent sous les mots son impatience batailleuse, « sinon, monsieur, quand le pain manque, arrive la saison de la poudre et des balles ». On la sent prête à en découdre et, sous ses dehors insolents, plus enragée qu'il n'y paraît. Il faudra se hisser, bientôt, plus haut que soi. Elle sait cela. Peut-être même s'y préparait-elle déjà aux jours d'été de son enfance quand elle jouait (mais jouait-elle ?) à mourir pour la liberté sur un échafaud bricolé à l'abri des murs de Vroncourt.

A-t-elle donc vraiment perdu la foi de son adolescence ? Sont-ils pour toujours oubliés, ses élans, ses appels, ses prières muettes du temps où elle cherchait le Ciel auprès de sa tante Victoire sous la voûte aux étoiles peintes de l'humble église de Vroncourt ? Certes non. Louise n'est pas simple. L'apprentie révolutionnaire n'a aucun goût pour les parlotes, les espoirs secrets, les plaisirs des demoiselles de son âge. Elle est prude comme une nonne. Elle s'habille toujours de noir, elle se coiffe d'un coup de main, elle n'a aucun souci de plaire. Son corps lui est presque étranger, et qu'il n'éprouve ni n'inspire aucun intérêt amoureux la fait tranquillement sourire. Elle ne s'en soucie pas du tout. Le bienveillant recteur Fayet, qui dirige l'académie et s'applique à la conseiller (il la reçoit parfois chez lui les après-midi de dimanches), lui dit un jour que son maintien, son constant désir d'être utile, sa naturelle modestie et l'évidence de sa foi, outre sa répugnance aux liens du mariage, feraient d'elle, pour peu qu'elle veuille, une excellente sœur tout entière vouée à l'éducation des enfants. Elle ne proteste pas, au contraire, elle y pense. Le couvent ? « Oui, c'est avec joie, dit-elle, que j'y entrerais. Cela, je crois, m'apaiserait. À qui pourrais-je avoir recours dans la solitude où je suis, si ce n'est à Notre-Seigneur ? »

De fait, elle est encore et toujours travaillée par la soif d'une source à jamais apaisante, par l'obsession d'on ne sait quoi que l'on appelle l'absolu. Elle en est fascinée, désespérée aussi. Elle se sait impuissante à connaître jamais la paix qu'elle imagine. « Avez-vous éprouvé, écrit-elle à Hugo, de ces pensées qui nous dévorent sans qu'on puisse savoir pourquoi ? Elles parlent la langue du Ciel, ou peut-être bien de l'enfer. » Elle a en elle, en vérité, une fêlure inguérissable. « Oui, je suis décidée, dit-elle, à conduire gaiement ma vie, et tant pis si je dois finir à l'hôpital ou chez les fous. » Chez les fous, vraiment ? Pourquoi donc ? Se sent-elle à ce point fragile ? Sans doute, oui. Elle se voit vivre. Elle sait bien qu'elle est excessive, que les démons qui la tenaillent affolent parfois sa raison. On lui reproche sa conduite et son irritante façon de prendre les gardiens de l'ordre trop souvent à rebrousse-poil. Elle dérange, et donc on réplique. On la pique, on se moque d'elle, on l'insulte, on la calomnie. C'est de bonne guerre, après tout. Elle pourrait, elle devrait sans doute considérer les racontars sans s'émouvoir outre mesure. Non, elle grossit les médisances, elle s'en exaspère si fort qu'elle craint d'en perdre la tête, et elle la perd de temps en temps. Elle frôle parfois le délire. « Je mourrai comme les martyrs sous la griffe des bêtes fauves. » Elle écrit cela. C'est étrange. Est-ce une plainte ou un désir enfoui dans les caves de l'âme ? S'offrir en sacrifice, bras ouverts et front haut, extase et peur mêlées, à qui, elle ne sait pas, à l'amour qu'elle ne peut pas dire, à Dieu qui ne lui parle pas, voilà bien sa folie majeure. Elle ne s'en défera jamais.

L'année passe à Audeloncourt. Elle se sent l'esprit à l'étroit. La républicaine mystique étouffe dans son pays vert, d'autant plus qu'elle se sent des ailes. Il est temps de les déployer. La Haute-Marne est trop mesquine, trop banale, trop endormie pour les espoirs qui la font vivre. Paris, la ville des poètes, des rêveurs de Révolution, des grands débats républicains, voilà où l'appelle son cœur. Sous le chêne aux serments où elles se sont juré amitié éternelle, elle en parle à Julie, son amie de pension. Elle est aussi institutrice, mais elle n'éprouve pas la haine de l'Empire qui fait étinceler, parfois, les yeux de Louise. La musique et la poésie l'intéressent bien davantage. Paris. Elles en parlent, elles en rêvent. Toutes deux imaginent, à l'ombre du vieil arbre peuplé de chants d'oiseaux, la vie qui les attend.

Viennent les dernières vacances avant l'exaltant avenir. Il lui faut maintenant (elle ne l'a jamais fait) quitter sa mère et sa grand-mère, la paix chaude de la maison sur la montée du cimetière d'où l'on entendait, nous dit-elle, comme un murmure de prière, « le vent du soir dans les cyprès qui ombrageaient nos chères tombes ».

Elle en a le cœur en lambeaux. Ce qui la tient droite et vaillante, ces derniers jours au vieux pays, c'est l'espoir de faire aux deux femmes, qu'elle aime d'amour infini, un avenir heureux, sans souci de survie. Institutrice est un métier de maigre rapport mais qu'importe, elle n'a guère, elle, de besoins. Elle gagnera toujours assez pour entretenir ses chéries, d'autant qu'elle compte bien publier ses poèmes, avec l'aide du dieu Hugo, et voir jouer ses opéras, pour peu que la chance l'assiste.

Louise part seule un matin d'automne. Julie la rejoindra plus tard. En quittant la maison au bord du chemin creux et les deux femmes sur le seuil, elle n'ose pas tourner la tête pour un adieu du bout des doigts. Elle ne veut pas qu'elles voient ses larmes. Le long de la forêt de Thol, un beau loup gris suit la carriole qui la mène au train de Paris. Il l'accompagne un grand moment, tranquillement, au petit trot. À ce seul compagnon sauvage, elle fait un signe d'au revoir quand il fait halte, au bout du bois, et la regarde s'éloigner.

3.

1855, premiers jours de septembre. La fille en noir aux idées rouges découvre enfin Paris, à peine intimidée, ivre de cohue, de poussière, les yeux partout parmi les gens qui la bousculent sans la voir. 14, rue du Château-d'Eau, c'est l'adresse où elle doit se rendre. La bonne Mme Vollier dirige là, de main de mère, l'institution de jeunes filles qui attend ce matin Mlle Michel, la maîtresse encore inconnue arrivée de son pays vert. De sa vie elle n'a jamais vu tant de fiacres, tant de boutiques, tant de façades, de visages, mais aussi, et c'est surprenant, tant de ruelles démolies, de murs troués, de palissades, de pyramides de gravats, d'espaces désolés plantés de bouts de ruines. C'est que Napoléon et le baron Haussmann, son préfet de la Seine, font leur révolution urbaine. Paris sort de son Moyen Âge. On rase les quartiers rescapés du vieux temps, les labyrinthes de venelles, les infréquentables taudis pourtant fréquentés à ras bord. De la place Denfert à la gare de l'Est, du cours de Vincennes à l'Étoile, Grands Boulevards,

Champs-Élysées, on trace droit des avenues où l'empereur et dix carrosses pourraient caracoler de front. On plante un parc public sur les Buttes-Chaumont, un autre au quartier Montsouris. On fait du neuf, on assainit. On se souvient du choléra qui fit des tombereaux de morts dans les années 1830. On creuse donc des égouts neufs, de nouveaux circuits d'eau courante.

La ville que Louise découvre est un chantier tonitruant. Elle avait entendu parler de ces grands bouleversements, dans son village aux jours si lents. Elle n'en reste pas moins pantoise. On détruit, on construit partout, surtout des immeubles bourgeois, et donc les loyers vont grimper. Elle le sait bien. Elle s'en inquiète. Chez le préfet, c'est ce qu'on veut. Haussmann l'a dit en toutes lettres : « Il nous faut défendre Paris contre l'invasion malvenue des ouvriers de la province. »

De vieux quartiers, pourtant, demeurent. Ils sont, paraît-il, malfamés. Il est vrai que l'on n'y rencontre que du bas peuple et des taudis. L'industrie a besoin de serfs. La vie des pauvres (est-ce une vie ?) se traîne de fracas d'enfer en fatigue sourde-muette et de soudains accès de rage en échines à nouveau courbées. On travaille jusqu'à dix-sept heures par jour, hommes, femmes, marmots dès l'âge de six ans. La retraite ? On n'en rêve pas. Pourquoi ? C'est simple. On ne sait pas ce que ce mot-là signifie. On reste attelé à l'ouvrage de la petite enfance à la mort de fatigue. L'air que l'on respire aux machines ? Poussière plus ou moins nocive, vacarme du matin au soir. On ne peut pas parler au plus proche voisin à moins de lire sur les lèvres. L'accident guette, rôde, frappe, surtout au bout de la journée, quand les gestes se font plus lents, quand les hommes n'en peuvent plus. S'il tue, on dit que « c'est la vie ». Dans quel bas-fond de fatalisme est née une telle expression ? Parmi ces pauvres êtres hébétés de labeur, écrit Friedrich Engels, « on croirait se trouver au milieu d'une armée de retour de campagne ». Autant dire d'estropiés.

Aide-t-on d'au moins quelques sous les victimes des fours, des lames, des courroies folles, des broyeurs ? Ce serait de l'argent perdu. On les remplace, voilà tout. Devant un tribunal, la loi le dit crûment, seuls les arguments du patron sont estimés dignes de foi. Ceux des ignorants qui se plaignent ne valent pas d'être écoutés. Un maître ne peut mentir. S'il dit son employé fautif, on n'en parle plus, c'est ainsi. Voilà comment le malheureux se retrouve toujours coupable des coups qui lui tombent dessus. Gagne-t-il au moins de quoi vivre ? Au mieux de quoi ne pas mourir, de quoi se payer un abri et s'y nourrir de soupe pâle. Bref, on estime en ce temps-là l'espérance de vie d'un pauvre de quinze à vingt ans inférieure à celle d'un bourgeois banal.

Dans les beaux quartiers impériaux on se soucie fort peu du sort de cette « vile multitude », selon le mot d'Adolphe Thiers. Il est heureusement, au faubourg Saint-Antoine, à Montmartre, au Quartier latin, des artisans au foulard rouge, des utopistes libertaires, des rêveurs de fraternité qui s'en indignent et se révoltent. Ils sont de plus en plus nombreux. Si Louise est à Paris, c'est pour les retrouver, pour servir avec eux la cause des va-nu-pieds, des indigents, des perpétuels oubliés, comme elle faisait déjà dans sa petite enfance, quand en catimini elle dérobait trois sous à son grand-père Demahis pour soulager quelque misère. Sa sainte horreur de l'injustice n'a fait que croître avec le temps. Servir, décidément, est sa ligne de vie. Si elle est née, c'est pour cela, rien d'autre ne la préoccupe. Des désirs ordinaires, elle n'en éprouve aucun. « Mon bonheur ? semble-t-elle dire. Allons donc, j'ai trop de travail pour penser à lui, même en songe. Il sera celui que j'espère pour le peuple des réprouvés quand justice leur sera faite. Alors oui, je serai heureuse d'avoir accompli mon devoir. »

Éduquer, première exigence. Le savoir est l'arme imparable. Quand l'esclave aura découvert qu'il n'y a pas de fatalité à vivre soumis à son maître, le pas décisif sera fait. Elle a confiance. L'être humain a tant de ressources, de forces, de pouvoir d'invention, de foi, même s'il ne s'en doute pas ! Ces gens qu'elle croise par les rues sont meilleurs et plus estimables que ce qu'ils croient, elle le sait bien. Elle les regarde, elle est des leurs, et son œil dit qu'elle en est fière.

Elle pense à ces menus métiers qui ont poussé sur la misère comme chiendent sur le pavé, à l'astuce qu'il faut pour sortir du trou noir au moins un jour ou deux, au moins le temps béni d'un croûton de vrai pain, d'un vrai lit pour la nuit, de vraies godasses aux pieds. Il est en ces temps, dans Paris, un petit peuple vivoteur de chiffonniers, tailleurs de limes, rebouteux, coupeurs de cochons, tailleurs de crosses à fusil, allumettiers, peigneurs, prieurs d'enterrements. Tout est bon pour faire sonner, les beaux jours, deux sous dans sa pogne. Il est des familles de femmes qui passent de pleines journées plantées debout, les jambes nues, dans l'eau grise des bords de Seine. Qu'attendent-elles ? Des sangsues. Quand elles en ont la peau couverte, elles courent les apothicaires qui leur en donnent presque rien après avoir, la pince aux doigts, compté les bestioles une à une. Il est même des miséreux dont le métier, si c'en est un, est de ramasser dans les cours les restes des tables bourgeoises pour en bouillir des soupes à l'os qu'ils vendent à moins pauvres qu'eux.

Ce jour où Louise va, insouciante, alerte, vers ce nouveau faubourg où l'attend la maison de Mme Vollier, le Paris impérial qu'elle traverse est ainsi, magnifique et sordide, flambant neuf, misérable, grondant dans ses tréfonds, joyeux au vaudeville, jouisseur au pays d'Haussmann où tous les profits sont permis, révolté au pays d'Hugo, de Gavroche, de Jean Valjean où l'on espère mettre au monde un peuple vertueux plus grand que les puissants. De tout cela Louise est consciente. Le théâtre, quand il est beau, lui fait battre le cœur trop fort et les pièces qu'elle lit, qu'elle se joue au-dedans la touchent si profondément qu'elle en sort parfois le front bas « de peur de se heurter aux astres ». Elle est prête aussi au combat. Elle doit l'espérer pacifique, rude sans doute, s'il le faut, mais sans malheurs irrémédiables. Elle sait haïr mais pas au point d'imaginer la liberté enfantée par une tuerie.

Mme Vollier, pour l'instant, accueille à bras ouverts la nouvelle maîtresse. C'est une femme de bon cœur, volontiers enjouée, bienveillante, attentive. Son œil vif sous ses cheveux blancs dit à Louise à peine arrivée qu'elles vont être bonnes amies. Elles parlent de ces jeunes filles qui fréquentent l'institution. On leur apprend surtout, c'est la loi qui l'exige, le soin des enfants, la couture, le piano, les bonnes manières, bref, les mille et une façons d'être un jour de bonnes épouses.

– Pourquoi les confiner ainsi à leur service ménager ? risque l'ancienne sauvageonne. Ne peut-on les ouvrir aussi aux sciences, à la littérature, à l'histoire, aux débats d'idées ? Le savoir ne doit-il pas être le bien de tous, filles et garçons ?

Mme Vollier lui sourit.

– Soyez prudente, lui dit-elle.

Elle est sage comme une mère. Louise se sent déjà chez elle dans cette paisible maison. Sa chambre lui plaît. Elle s'installe. Le lendemain matin elle découvre sa classe, son parfum de livres, de craie, ses élèves, toutes bien mises. Elle leur parle passionnément. Elle met une ardeur jubilante à nourrir l'esprit de ces filles qui l'écoutent, la bouche ouverte. Elle n'instruit pas, elle fait aimer. Dans la cour de récréation elle se mêle au groupe des grandes. Elle bricole, comme à Vroncourt, des tragédies pédagogiques qu'elle fait jouer sous le préau. Elle est heureuse. Elle avouera qu'elle ne le fut jamais autant que ces jours-là, dans cette école.

Julie, son amie de Chaumont, ne tarde pas à la rejoindre. Toujours vêtues d'habits semblables, grandes, brunes toutes les deux, l'une n'allant jamais sans l'autre, les gens qu'elles saluent dans la rue les appellent les « sœurs Vollier », ce qui leur plaît et les amuse. Leur salaire est maigre. Qu'importe, elles aiment leur métier plus que les pièces d'or au profil d'empereur. Mme Vollier fait en sorte qu'elles soient joliment attifées. Chapeaux ornés de marguerites, robes noires de beau tissu, manteaux courts au devant brodé marchandés au Carreau du Temple les font paraître à peu de frais plus fortunées qu'elles ne le sont. Seuls les livres les poussent aux folies dépensières. Après les cours elles vont flâner, murmurantes comme à l'église, dans les librairies du quartier. Elles s'y endettent sans remords pour tel ouvrage indispensable ou tel recueil de poésies que le soir venu, sous la lampe, elles lisent tempe contre tempe.

Le jour, la nuit, dès qu'elle le peut, Louise écrit, compose, imagine. Son esprit déborde d'idées. Sa plume court, infatigable, d'un drame fantasmagorique à un vaste opéra farci de diableries d'apocalypse, de chants d'amour à l'avenir en couplets turbulents contre les Bonaparte, « leurs vendus et leurs tripoteurs ». Elle expédie partout ses textes, et d'abord à Victor Hugo, qu'elle n'a pas cessé d'admirer. *L'Union des Poètes* l'accueille. Plusieurs journaux républicains publient ses brûlots, ses chansons, ses emballements justiciers. Elle écrit presque tous les jours de plaisantes lettres à sa mère. Elle lui décrit Paris, elle lui dit ses rencontres. Elle lui ment aussi par amour. Surtout, qu'elle n'ait pas le souci de savoir sa fille empêtrée dans un hiver de vaches maigres, et qu'elle ne sache rien non plus de ses soirées chez ces brigands que sa vieille aimée abomine. Elle ne sait pas lire, Marianne. Elle croit ce que dit son curé. Une voisine vient, dès le facteur passé, lui conter mot à mot ce que dit son courrier, et pour sa Louise, elle craint le diable. Elle est persuadée que la révolution n'est qu'un malheur de plus à vivre, et que sa fille ferait mieux de fréquenter des fonctionnaires plutôt que ces maudits parleurs qui tourneboulent les esprits.

Car Louise assiste assidûment aux fameux cours du soir de la rue Hautefeuille. De grands penseurs républicains viennent là trois fois par semaine enseigner les sciences, l'histoire, les philosophies politiques et autres savoirs hérétiques à des chômeurs, des artisans, de jeunes bourgeois étudiants qui espèrent une vie nouvelle et ne veulent plus somnoler dans le vieux lit des convenances. Mal assis dans la salle comble, ils lèvent le doigt, ils questionnent, écoutent, les sourcils froncés, les réponses des orateurs, inondent parfois l'assemblée d'interminables commentaires. Souvent les soirées s'éternisent sans souci du prochain matin, car ces gens-là, pour la plupart, travaillent dès le jour levé. Ils entretiennent un feu vivant dans la longue nuit de l'Empire. Louise se plaît dans ce lieu-là. Il la ravive, il la renforce, il affermit ses convictions, il lui fait découvrir enfin (la science soudain la passionne) l'ingéniosité des hommes à rendre le monde vivable et peut-être un jour accueillant. Mystérieux, magnifique appétit de savoir !

Elle rencontre, rue Hautefeuille, de nouvelles amies comme elle institutrices et comme elle exaltées par ces enseignements ouverts tant aux hommes qu'aux femmes. Car tout est neuf pour elles, la liberté d'apprendre aussi bien que ces connaissances réservées jusqu'alors aux cerveaux masculins. Parmi ces filles-là Louise s'émeut encore, à la fin de sa vie, d'une demoiselle Poulain, maigrichonne, tuberculeuse, soucieuse de ne rien perdre au point d'en oublier parfois de respirer pour noter en hâte des phrases tombées des bouches érudites parmi les grincements des bancs et le brouhaha des murmures. Elle savait qu'elle mourrait bientôt mais elle voulait, avant la tombe, se nourrir autant qu'elle pouvait de lumières, de mots vivants. « Nous étions heureuses, dit Louise, et plus on s'enfiévrait de ces choses nouvelles, plus nous venaient, après les cours, des fous rires, des joies d'enfants. Car nous avions gardé vivante cette innocente liberté que l'enfance croit éternelle et que le monde convenable cherche sans cesse à mettre au pas. Nous n'avions pas encore appris à brider nos naïvetés, nos élans, nos emballements, nos envies de tours et de farces. »

Un soir, s'en retournant à la pension Vollier avec sa bonne amie Julie, elles se mettent par jeu à suivre un gros bourgeois qui va seul par les rues désertes. Leurs bottines achetées au Temple résonnent sec sur le pavé. La nuit brumeuse fantomise leur long corps tout vêtu de noir et coiffé d'un vaste chapeau qui dissimule leur visage. Le monsieur se tourne, s'inquiète de voir derrière lui ces formes qui pourraient bien le détrousser, c'est du moins ce qu'il imagine. Il se hâte. Les filles aussi. Elles se poussent du coude. Elles rient. Que deux femmes sans rien qu'un cahier sous le bras effraient un homme à grosse canne les réjouit, les émoustille. La nuit déserte s'ennuyait. La voilà qui joue avec elles. L'homme se tourne encore et se met à courir, la cape en débandade, la main sur le chapeau. Elles s'arrêtent, lui lancent avant qu'il disparaisse quelques bruyantes moqueries en patois de la Haute-Marne. Elles ne rentrent qu'au jour naissant à la pension du Château-d'Eau, tout rire éteint, la rage en tête.

Elles ont erré toute la nuit. Elles ont découvert les quartiers où des malfrats civilisés se glissent sous des portes noires avec des putains achetées. Pour Louise rien n'est plus lugubre, plus indigne, plus révoltant. À quelques pas de la maison elles voient la fenêtre éclairée. Mme Vollier s'inquiétait. Elle n'a pas voulu se coucher avant le retour de ses filles. On parle d'attaques nocturnes, ces temps-ci, dans tous les journaux. Elle a craint quelque mauvais coup. Elle les gronde. Elles sont épuisées.

Louise s'enferme dans sa chambre mais elle ne s'y repose pas. Elle écrit, rageuse, un poème. Ces voyous, ces traîne-misère l'ont obligée à réfléchir. Elle désembrouille sa révolte, met de l'ordre dans son esprit. S'ils sont perdus, à qui la faute ? Aucun homme ne vient au monde pour faire luire au nez des gens son couteau de mauvais garçon. Aucune femme, à sa naissance, n'est fatalement désignée pour vendre son corps à qui veut sans même voir qui elle entraîne sur son pucier d'hôtel pourri. Et pas plus que ces pauvres gens n'est prédestiné le ministre. Il n'est pas tombé ici-bas un portefeuille sous le bras, ni le flic avec sa matraque, ni le soldat avec ses guêtres et sa baïonnette au fusil. Nous sommes tous arrivés nus. C'est cette société sans âme qui a fait des gens ce qu'ils sont. Marchands de chair, patrons sans cœur, banquiers agrippés à leur coffre, puissants confits dans leurs palais, peuples résignés au malheur, ce n'est ni mère Nature ni notre increvable désir de justice, de liberté, de vie simple à hauteur humaine qui ont distribué les rôles de la sinistre comédie où chacun de nous joue sa peau. Ouvrir les yeux des ignorants et changer le monde, dit Louise. Il y a urgence, désormais.

L'enfermement dans nos malheurs n'est pas une fatalité. Mais à l'avenir espéré, si l'on veut qu'il advienne enfin, manque une force nécessaire, un souffle neuf, une conscience depuis trop longtemps endormie. Il faut que les femmes se mêlent de la Révolution qui vient. Pour peu qu'elles veuillent, c'est la leur. Elles que le pouvoir n'a jamais abîmées doivent nous aider tous, gens de peu, gens de bien, à nous désembourber de nos vieilles ornières, de nos jeux de gagnants, de perdants, de perdus. Car enfin, de qui tenons-nous les lois qui gouvernent nos vies, la sinistre oppression des pauvres, l'esclavage, le droit du fort à jouir de tout ce qu'il veut ? De la caste mâle. Des hommes. Ils ont fait du pouvoir leur dieu, leur Tout-Puissant. De la moitié du genre humain ils ont fait des prostituées vendues pour rien sur les trottoirs et pour leur dot chez les bourgeois. Ils les ont maintenues, leurs filles, dans une aimable niaiserie, qu'elles restent ignorantes surtout, elles n'en seront que plus dociles à se taire, à sourire, à servir leur époux, leur maître naturel. Pensez donc, et si par malheur l'envie saugrenue leur venait d'apprendre la philosophie, de prétendre nous gouverner, d'être ministres, députés ! Louise répond : « Soyez tranquilles, nous ne sommes pas assez sottes pour désirer vous ressembler. Vos titres ? Le temps n'est pas loin où vous viendrez nous les offrir. Mais nous n'aimons pas vos guenilles, elles sont trop étriquées pour nous. Gardez-le donc, votre pouvoir, il n'en finira que plus vite ! »

Les cyniques peuvent railler. Elle s'est quelque peu aveuglée. Péché de foi en l'avenir, d'enthousiasme libertaire. Les révoltées des beaux quartiers ont aujourd'hui gagné leur guerre. Elles n'avaient pas d'autre désir que de devenir ce que sont, depuis trop de siècles, leurs mâles. Les barbons à monocle, en ces temps révolus, redoutaient de les voir patrons, parlementaires, présidentes. Elles le sont, et le monde va. La loi du plus fort règne encore. Elles s'en contentent, apparemment. Certes, elles sont libres de tout vivre, elles ont abattu des bastilles. Louise aurait salué cela. Elles ont accès à ces hauts lieux où elles n'étaient jamais entrées, gouvernements, sièges de juge, grandes banques, police, armée. Le monde en est-il plus heureux ?

Une autre route était possible. Si l'homme incarne le pouvoir, qu'est-ce qui nous fait femmes ? dit Louise. Le désir de vivre sans crainte plus que de gagner à tout prix, d'être attentif à ses semblables plus que de leur marcher dessus, d'aimer enfin, plus que de vaincre. Les femmes aiment parler d'amour. Et si ce penchant n'était pas banalement sentimental mais au contraire enraciné au plus secret de leur jardin ? Et si l'amour, au fond, était leur rêve unique, leur pays désiré ? Ne pourraient-elles aider les hommes à voir le monde d'un autre œil ? Peut-être alors apprendraient-ils que l'engagement politique n'est pas un combat mais un art, l'art de vivre ensemble ici-bas, et que leurs compagnes pourraient, s'ils se mettaient à leur école, faire beaucoup pour qu'ils deviennent ce qu'ils rêvent d'être. Humains. Naïveté ? Peut-être bien. Mais on peut estimer que Louise et ses compagnons d'espérance ont été des semeurs de grains qui n'ont pas encore germé.

D'ailleurs, elle est sans illusion. « Ce sera difficile et long. » Elle dit cela dans ses *Mémoires*. Elle n'est pas pour le droit de vote que les bourgeoises émancipées revendiquent à cor et à cri. « Quoi, désigner nos prochains maîtres ? Croyez-vous donc nous attraper avec des appeaux aussi creux ? Nous ne voulons rien, sachez-le, que la science et la liberté. » À peine a-t-elle écrit cela que vient cet aveu sous sa plume : « Nous ne valons pas mieux, sachez-le, que les hommes. Simplement le pouvoir ne nous a pas encore gâtées et corrompues. » Pas encore. Cela viendra. Elle le pressent et le redoute. La vie nouvelle est loin devant. Louise le sait. Peu lui importe de ne voir jamais le beau temps. Elle ne désespérera pas, non, ce n'est pas dans sa nature. Plutôt mourir de trop d'espoir. Elle marche vers une utopie, une lumière dans la nuit.

4.

C’est dimanche. Julie et Mme Vollier ont coiffé leur chapeau à fleurs et sont parties en promenade. Louise est restée à la pension, elle aime s’y retrouver seule. Cela n’arrive pas souvent. Ces trop courtes heures de paix où elle ose s’autoriser à ne rien devoir à personne sont les seuls cadeaux qu’elle se fait. Elle s’est enfermée dans sa chambre. Un immense opéra occupe son esprit. Titre : *Le Rêve des sabbats.* L’orchestre ? Hétéroclite, énorme. Un canon, des harmonicas, des harpes, des lyres, des flûtes, des clairons, des violons, des guitares, des luths. Les musiciens ? Plus de cinq cents. Aucune salle de théâtre ne saurait en loger autant. Elle les imagine assemblés au flanc d’un cirque de montagne. Au-dessus d’eux, les cimes blanches, neige et ciel, tous deux éternels. Les spectateurs sont installés en contrebas, dans la vallée. Des cascades de cuivres, de tambours, de violons leur déferlent dessus. Pour l’heure, elle est à son piano. Elle compose, s’emporte, hésite. L’air de la « Chasse satanique » ponctué d’accords dissonants envahit la chambre, s'égare. Comme elle rature son refrain elle entend frapper à sa porte. Elle ronchonne :

– Qui est là ?

Personne ne répond. Soupir. Elle va ouvrir.

Devant elle sur le palier est une vieille dame juive d'une intimidante beauté. Raide et haute comme une reine, le visage étrangement blanc. Louise l'accueille. Elle la connaît, c'est la grand-mère d'une élève. L'aïeule est encore effarée par cette musique sauvage qui l'a envahie sur le seuil. Elle fait la moue, toise l'artiste.

– Est-ce vous qui vous permettez de mettre au monde ces horreurs ?

Elle ôte ses gants, elle s'avance, l'œil amusé, un rien moqueur :

– Pour vous punir, ma bonne amie, j'aimerais entendre la suite.

Louise s'empresse d'obéir, explique, commente, raconte. Les armées du Bien et du Mal se disputent l'humanité. Les forces malignes triomphent. L'enfer pousse partout ses feux. Satan, assis sur Notre-Dame, contemple la ville embrasée. Don Juan est épris d'une belle druidesse. Il aimerait bien la sauver mais il ne peut y parvenir, le Diable la désire aussi. Nouvelle guerre, la dernière. Le monde finit en poussière, le fracas des clairons fait place au chœur des harpes qui peu à peu s'éloigne et rejoint le néant.

– C'est un rêve, dit Louise. Il est fou, je le sais.

Elle a un air d'excuse.

– Il est comme je suis.

La vieille dame prend ses mains, elle reste un moment silencieuse puis son regard sourit, mélancolique, tendre.

Elle se met au piano. Elle joue. Elle effleure à peine les touches. Sous ses doigts naît une musique au parfum de paix, de désert, on y sent une nostalgie déchirante et pourtant légère. Louise s'en trouve tant émue que ses yeux s'emplissent de larmes.

– N'est-ce pas la grâce de Dieu qui vous touche ainsi ? dit l'aïeule.

– La grâce de Dieu ? Non, hélas. Mon cœur déborde, voilà tout. Il est trop plein. Je n'y peux rien. Je ne sais pas le tempérer.

– Qu'y a-t-il donc, dans votre cœur ?

– Ni Dieu ni paix. Des ouragans, et de l'amitié pour Satan, parce qu'il est mal-aimé, sans doute.

– Et par-dessus tout, dites-moi ?

– La Révolution, répond Louise.

5.

Marie Ferré, la frêle et tendre. Elle aime Louise infiniment. En ces bouillonnantes années elles sont ensemble aussi intimes que la lumière et le regard. Au sortir d'une réunion, un soir, sur le trottoir, Marie présente à son amie son jeune frère Théophile. Petit homme, visage austère, barbe abondante, mal taillée, lunettes rondes sur le nez. « Figure de polichinelle », lui-même se décrit ainsi. Louise, d'abord, l'écoute à peine. Elle est fascinée par ses yeux qui s'illuminent quand il parle, comme s'il découvrait à l'instant ce qu'il dit. Il ne cherche en rien à séduire. Il ne connaît pas ce jeu-là. Sa parole parfois hésite, s'impatiente quand le mot juste se dérobe. On dirait qu'il voit ses idées. Pourtant, quelle folie, au loin, dans les éclats de son regard, quelle exaltation, quelle force ! Il est malingre. Il n'est pas beau. Pourquoi est-il si émouvant ? « Il est pur, si pur, se dit Louise. Son âme est plus haute que lui. » Des groupes d'hommes, çà et là, s'éloignent dans la nuit mouillée. Vague rumeur. Elle ne voit rien que ce visage en face d'elle, elle n'entend rien que cette voix un peu métallique qui va, passionnée, affûtée, précise.

Et que dit-il, le col serré sous le froid humide qui tombe ? Ce qu'elle pense depuis toujours. Elle en rit presque, émerveillée. Abattre l'Empire d'abord, c'est évident, ils sont d'accord. Laissons l'avenir grand ouvert, les hommes libres inventeront un monde à leur nouvelle taille. « Comme son front est pâle et comme il le tient haut ! » dit son cœur, qui bat trop fort. Rien, jamais, elle en est certaine, ne saurait le faire fléchir. Cela lui plaît tant qu'elle en tremble. Il a bien quinze ans de moins qu'elle, qu'importe, elle se sent comme il est, de même foi incorruptible, de même increvable ferveur, de même destin rouge sang. Elle rêvera un jour, toute seule en prison, d'une nuit de noces éternelle. Pour l'heure elle aime. Elle n'en dit rien, et peut-être l'ignore-t-elle. Ce soir lui est venu un frère, voilà tout ce qu'elle veut savoir. Son nom, Théophile Ferré, son visage, sa voix, ses gestes ne quitteront plus, désormais, ce lieu secret au fond des êtres où même Dieu ne peut entrer.

6.

Jours lumineux. La vie va bien. Marianne s'est trop inquiétée pour son écervelée de fille, ses fréquentations supposées de malotrus aux cornes rouges, ses emballements excessifs, ses naïvetés, ses désordres. Elle a vendu les quelques champs qu'elle avait encore à Vroncourt et dont grand-père Demahis avait pris soin de la doter. Elle achète pour Louise et Mme Vollier un nouvel externat sur la butte Montmartre. La mère poule paysanne et la vieille dame lettrée voient ce bas monde du même œil. Elles se plaisent. Elles sont toutes deux comme des amies de toujours. La maison est vaste, accueillante. Les élèves affluent de partout. Nouveaux visages dans les classes déjà presque à ras bord peuplées. Les demoiselles institutrices sont joyeusement débordées. L'argent rentre, du coup, sans se faire prier. Le salaire reste modeste mais Louise estime luxueux de n'avoir pas à chipoter devant un étal de libraire. Elle connaît des moments de bonheur sans raison que ne ternit aucune crainte. Elle fait des projets d'avenir. On se laisse toujours tromper par les belles saisons du cœur. On aime les croire éternelles, alors qu'elles ne font que passer.

Vient un soir d'été si tranquille qu'on entend jouer les enfants, dehors, dans la rue somnolente. Mme Vollier, ce jour-là, a reçu sa pension mensuelle. Elle est, comme elle dit, « en argent ». Elle invite à dîner ses trois institutrices, Louise, Adèle et Julie. Il fait chaud. La chambre est étroite. De la fenêtre grande ouverte viennent de longs cris d'hirondelles, qui traversent le ciel rougi. Les filles papotent, joyeuses, autour de la petite table où elles sirotent du vin doux en grignotant des friandises. Louise raconte à ses compagnes son fait d'armes de la journée. Elle a collé, rue Saint-Martin, une affiche républicaine sur le dos d'un gros policier qui ne s'est aperçu de rien.

– Il m'en restait une, dit-elle. Il me fallait un dernier mur.

Ses compagnes s'exclament, rient. Mme Vollier, plus discrète, gronde un peu, s'amuse tout doux.

Tard dans la nuit, Louise accompagne jusqu'à l'arrêt de l'omnibus Adèle et Julie qui babillent. À demain. Signes d'au revoir. Elle s'en revient. Un chien la suit. Il hurle à la lune, là-haut, son long chagrin de vivre en bas. Elle en a le cœur alourdi. Dans le couloir de la pension elle croise Mme Vollier. La vieille dame semble lasse. Elle se retire dans sa chambre. Elle ne se réveillera pas. Elle meurt sans bruit dans son sommeil.

Une grande tristesse envahit la maison. Louise, un moment perdue, rassure ses amies, ranime les courages. Elle n'a pas le loisir de s'écouter souffrir. Il faut sauver l'école. Elle la prend à sa charge. Une institutrice estimée dans les ruelles de la Butte était avant elle à Montmartre. Elle est vieille et pauvre mais fière, sa vie n'est pas passée pour rien. Elle a appris à lire à tout le monde ici, aux enfants, à leurs mères, à leurs pères parfois. Louise lui offre d'enseigner auprès d'elle, dans sa maison. Car elle ne peut plus tout y faire. Les cours de la rue Hautefeuille, les comités républicains et les leçons particulières qui font du bien aux fins de mois occupent ses nuits, ses dimanches. Elle aimerait être partout. Une école professionnelle s'est ouverte rue Thévenot. Qui veut y vient, elle est gratuite. Louise y donne des cours d'histoire littéraire, deux fois par semaine, le soir, après ses journées à Montmartre. Il y a évidemment, parmi ceux qui l'écoutent, des policiers incognito. Elle les a repérés. Elle ne se prive pas de désigner leur grise mine, de les railler, de les charger de messages apocalyptiques pour leur chef de bande impérial. Elle prend du coffre, de l'ampleur. À haranguer les assemblées elle découvre un plaisir nouveau, une grisante liberté. Elle aime qu'on l'écoute. Elle n'a plus peur de rien.

On se débride aussi entre filles frondeuses. Louise entraîne un jour ses amies dans un bureau de placement pour cuisinières domestiques. Elle se dit cordonbleu. On la croit d'autant plus qu'elle affirme avoir travaillé dans des maisons considérables. Son idée ? Se faire engager chez un proche de l'empereur et préparer pour sa famille une de ces pauvres tambouilles dont on se contente, à Paris, dans les taudis des miséreux. Elle renonce, finalement. La farce aurait pris trop de temps, mais elle était de bonne guerre.

Car c'est un combat sans merci qui menace et que l'on espère. Le peuple est à bout de patience. Il gronde, il s'enrogne, il remue. Le Second Empire se traîne sous les vieux ors de ses palais. Louise, Théophile Ferré, Auguste Blanqui, Jules Vallès, des dizaines de milliers d'autres sont prêts à tout, à la bataille, à la fête, au chambardement. Que veulent-ils ? La République en simple habit de travailleur. On n'attend plus que la bonne heure. Un matin de beau temps, comme elle va chez Julie, Louise aperçoit, droit devant elle, l'avenue soudain envahie par une foule de braillards. Elle espère tant le grand jour qu'elle le croit enfin arrivé mais non, ce n'est que Jules Miot, l'infatigable libertaire, qu'on escorte vers sa prison, et ces gens qui hurlent à la mort ne sont pas des républicains. Ils sont de cette troupe obtuse et moutonnière pour qui la douleur des perdus est un spectacle jouissif.

Ils ne sont pas le peuple, ils sont la populace, ils sont les ignorants, les amoureux du joug qui courbe leur échine, les badauds des tyrans, les singes des puissants qui se lèvent de grand matin pour aller voir les couperets tomber du haut des guillotines. Louise enrage devant leurs huées assassines. Elle serre les poings. Elle les hait. Dans sa chambre, au soir de ce jour, lui vient un lambeau d'Évangile : « Ils ne savent pas ce qu'ils font. » Prier pour leur salut ? Elle l'aurait fait peut-être, en des temps plus paisibles. Mais le peuple au sang vif l'occupe tout entière, le vrai, le combattant à la chemise ouverte, à la parole haute, au regard fraternel.

Existe-t-il vraiment ? Et s'il n'était qu'un rêve ? On sent pourtant un cœur qui bat dans cet être indéfinissable. Le peuple, pour le moins, est une belle idée. Pour Louise, il est le nouveau Christ, celui qu'il faut servir si l'on veut voir enfin advenir ici-bas le royaume des justes. Impalpable et pourtant charnu, sauveur aux milliers de visages, il est le Créateur d'une humanité neuve enfin délivrée de tout mal. Elle est prête à mourir, à se sacrifier, à s'offrir aux lions comme autrefois les saintes pour que son règne arrive enfin. Elle se croit défaite de Dieu, mais non, Il l'occupe toujours, et peut-être plus que jamais. Il n'a fait que changer de nom.

C'est en ces temps de fin d'Empire qu'elle fait le projet, simple et fou, d'assassiner Napoléon dans son palais des Tuileries. Cet homme, pense-t-elle, a pouvoir de malheur sur des millions de gens. Le tuer est donc aussi juste, aussi logique et nécessaire que d'enlever le ver d'un fruit. Elle le dit. En est-elle sûre ? Car planter un poignard dans la chair d'un vivant, fût-ce celle d'un ennemi, voilà qui ne va pas de soi. Elle sait parler. Elle le fait bien. Elle a, comme on dit, la dent dure. Mais les mots ne font pas saigner, ils n'ôtent pas la vie des gens. Les dagues, oui, et sans remède. Il y a là un seuil à franchir où l'on sent Louise se raidir. Une force la pousse, une autre la retient. Elle a beau affirmer qu'elle connaît son devoir et que sa décision est ferme, on n'est pas vraiment convaincu. « Tu peux frapper cet homme avec tranquillité. » C'est un vers de Victor Hugo dont se souviennent ses *Mémoires*. Elle le dit et redit souvent, comme pour se persuader qu'elle a ce droit exorbitant, que son maître Hugo est d'accord et qu'elle peut donc agir tranquille. Elle le répète trop, comme pour faire taire en elle une autre voix qui lui répond obstinément ce qu'elle sait bien, de source intime : « Tu ne pourras jamais frapper à mort un homme avec tranquillité. Mourir, oui, c'est dans ta nature. Tuer ? Allons, réveille-toi. »

Le hasard, de toute façon, ne la mettra pas au défi. Elle a demandé audience à Sa Majesté Badinguet. Elle imagine sans émoi l'instant fatal sous les dorures où elle se croit bientôt reçue. Elle se rejoue cent fois la scène. Elle ne lui dira pas un mot. Poignard levé, poitrail troué. Ensuite on la tuera sans doute. Qu'importe, le bien sera fait. Le billet d'admission tarde à lui parvenir. Quand il lui vient enfin, l'empereur n'est plus là. Il voyage en province.

L'État, en ces temps orageux, tangue comme un bateau d'ivrogne. Napoléon l'ignore encore, mais il est en train de sombrer. De revers en trébuchements il a dû beaucoup finasser pour se maintenir sur son fil entre la foudre et le récif. Il n'est plus le maître absolu. Les années 1860 ont cet air pâle et fatigué qui fait d'une proche agonie une hypothèse envisageable.

Les opposants se font de plus en plus fringants. Républicains et monarchistes joignent leurs voix désaccordées dans les assemblées nationales. Un troisième parti, celui de M. Thiers, s'accommode bien de l'Empire mais le voudrait plus libéral. Il faut donc se montrer bon prince. La presse ne dit pas encore ce qu'elle veut mais les censeurs, bon gré mal gré, acceptent qu'elle s'habille en rouge. Les réunions contestataires sont espionnées, mais tolérées. Du coup on critique, on proteste de plus en plus ouvertement, d'autant que la misère s'invite à déjeuner tous les jours de l'année chez le peuple usinier. Les rouges brandissent le poing, estiment honteuses les souffrances infligées à ces pauvres gens qui gagnent à peine leur croûton à la sueur de leurs angoisses. Ceux-là crient fort, ils s'organisent loin des palais législatifs, dans des tavernes de faubourgs, des salles aux estrades branlantes, des cours d'usines, d'ateliers.

Ils sont républicains sociaux, amis de Bakounine ou disciples de Marx, car sur ces assemblées planent les hautes ombres de ces deux frères ennemis. Bakounine est un libertaire. La barbe drue, le verbe haut, « il faut réinventer la vie, prêche-t-il du haut des tribunes. Le soin des gens, de leur bien-être, de leur épanouissement doit prendre enfin le pas sur leur exploitation ». « Le pouvoir corrompt qui l'exerce. Le pouvoir absolu corrompt absolument. » Machiavel l'a dit avant lui mais il le pense et le répète. Le pouvoir ? Karl Marx n'a rien contre, mais il le veut aux prolétaires qui doivent, partout solidaires, le conquérir et l'exercer. « Vous n'avez rien à perdre, leur dit-il, que vos chaînes. » On argumente, on se dispute, on s'envoie au diable, on s'exclut, mais tous ces chercheurs de bonheur accordent leurs voix disparates en un seul cri : Révolution. Sur ce point-là, c'est l'unisson.

Louise assiste à ces controverses. Elle a dans les deux camps des frères de combat. Elle les houspille, elle les secoue, elle estime prématurées leurs tonitruantes batailles. Il faut pour l'instant en finir avec les horreurs de l'Empire, le mépris des gens qui n'ont rien, la religion des coffres-forts. Après, dit-elle, nous verrons. Nous ferons ce que nous pourrons pour arracher partout où elles ont pris racine l'ignorance et la pauvreté. Elle n'a pas l'esprit doctrinaire, elle n'est pétrie que de passion. Plus vive que jamais en elle est celle qui s'agenouillait devant une bête égarée ou quelque vieille sans secours au bord des chemins de Vroncourt. Les philosophies politiques ? Batailles d'hommes à grosse voix. Elles sonnent mal à ses oreilles. Elle n'entend que sa compassion et un chant obstiné, profond, qu'elle n'a hérité de personne. De pied en cap elle est poète. Son seul maître ? Victor Hugo. Elle sait par cœur *Les Châtiments*. Ses amis ? Henri Rochefort, l'infatigable pamphlétaire qui ne cesse de ferrailler dans sa *Lanterne* hebdomadaire contre les larrons impériaux, Michelet, le vieil historien professeur d'ardente jeunesse, Jules Vallès le généreux, le fier insurgé, l'indomptable.

Janvier 1870. Un calamiteux fait divers lézarde gravement l'impériale façade de la maison Napoléon. Pierre Bonaparte est brouillé avec son cousin l'empereur. Il rêve de rentrer en grâce. Lui vient l'idée sortie d'on ne sait quel bas-fond de tuer Henri Rochefort qui multiplie, chaque semaine, les coups de plume impitoyables contre l'Empire pourrissant. Il provoque en duel le fauteur de soucis. Or il se trouve que Grousset, rédacteur à *La Marseillaise*, s'estime lui aussi sali par Bonaparte dont les venimeux postillons ont éclaboussé son journal. Il prie donc deux de ses amis d'aller voir l'impérial cousin et de le prévenir que l'offensé l'attend au bout de son épée. L'autre les reçoit mal. Il ne veut rien entendre, s'énerve, empoigne un révolver et tire sur ses visiteurs. Il blesse l'un, tue l'autre. Le mort est Victor Noir, vingt et un ans, belle figure, plume brillante et renommée du journalisme militant.

Fureur chez les républicains. On sentait la fièvre monter, la voilà tout à coup brûlante. La nouvelle du meurtre enflamme les esprits. Dès le matin des funérailles on se rassemble autour de la maison en deuil. Ils sont deux cent mille à attendre le convoi de l'assassiné. Beaucoup sont armés. Louise est là, habillée de vêtements d'homme, pantalon, veste, gros souliers. Pourquoi s'est-elle déguisée ? Réponse inattendue, quoique simple et pratique : pour ne gêner personne et n'être pas gênée. Elle cache un poignard dans sa poche. Elle l'a volé chez un parent. « Il semble bien, dit-elle, que l'instant soit venu d'étrangler le monstre impérial. »

Mais non, le peuple n'est pas prêt. Louis Noir, le frère du mort, craint que ce sombre jour se perde dans le sang. Rochefort est de son avis. Il pressent lui aussi un massacre inutile. Il demande qu'on obéisse aux ordres gouvernementaux. Ils sont clairs : dispersion paisible ou charge de cavalerie. Vallès n'est pas d'accord. Il le dit, il le hurle. Il estime le temps venu de livrer bataille, et de vaincre. La foule indécise remue. Elle choisit le recueillement. Le poignard ne sortira pas de la poche de veste d'homme où le poing de Louise le tient.

On n'entend pas, aux Tuileries, gronder le volcan libertaire. On a l'esprit ailleurs, chez Bismarck, ce brigand qui cherche à installer un monarque teuton sur le trône espagnol. L'État français proteste. Un Allemand au bord du Rhin, un autre sur les Pyrénées, voilà qui sent fort la tenaille. Échange de courriers bravaches, humiliants. On marche à grands pas vers la guerre. Non pas celle, libératrice, que l'on espère pour demain, mais l'autre, l'absurde, la vraie. Dans les ruelles populaires on s'en effraie, on n'en veut pas. Appel désespéré des révolutionnaires aux « amis allemands » : « N'écoutez pas les voix serviles qui chercheraient à vous tromper. Nous combattons pour vivre mieux, vous aussi. Unissons nos forces. » Réponse des frères germains : « Nous signons de tout cœur votre protestation. Plus de frontières entre nos peuples. » Trop faibles voix bientôt couvertes par les sonneries de clairons et les cliquetis militaires. Nos ministres et nos généraux font assaut de fierté gauloise. Ils affirment, ils jurent, ils prédisent. L'ennemi ? Étrillé d'avance. Bismarck ? Un vieil épouvantail. Il ne fait peur qu'aux oisillons. Quant à nos hommes, voyez-les, godillots neufs, beaux uniformes. Que nous manque-t-il ? Rien de rien, même pas « un bouton de guêtre ». Le combat, disent-ils, sera bref et glorieux. Qui ose en douter est un traître.

Il ne dure guère, en effet. Nos soldats impériaux, de fait, manquaient de tout, sauf de généraux d'opérette. Napoléon vient à Sedan. Il a mal choisi sa bataille. Son armée est taillée menu. Il capitule. Fin de règne. Il ne s'en relèvera pas.

On résiste pourtant encore aux portes de Metz, à Strasbourg, mais les armes, les munitions, le vin, les légumes, la viande n'arrivent plus aux combattants. L'armée de Bourbaki, décimée, affamée, se réfugie en Suisse. Celle de Mac Mahon est réduite en lambeaux. Louise résume sèchement : « L'horreur s'acoquine au grotesque. »

L'Empire ne tient plus debout. Ne manque qu'un coup de boutoir pour que sa façade s'écroule. C'est l'avis d'Auguste Blanqui. Il n'est pas homme à fioritures.

Il rameute ses partisans. « Il est temps d'agir », leur dit-il. Cent gaillards sont prêts à le suivre. Ils attaquent, le quatorze août, la caserne de La Villette. But du raid : rafler des fusils, soulever le peuple et marcher sur le palais des Tuileries. Le coup, mal préparé, échoue. Cinquante hommes sont arrêtés. Ils sont jugés à la va-vite. Verdict : la mort pour six d'entre eux, les travaux forcés pour les autres.

Dans le camp des républicains, l'extrême dureté des juges est estimée inacceptable. On s'émeut, on se mobilise. Michelet, alerté, s'indigne. Il envoie une lettre ouverte aux responsables de l'État. « Je la signe seul, écrit-il, mais si j'avais un jour de plus, sachez que j'aurais pu sans peine joindre vingt mille noms au mien. » En ces jours d'entre chien et loup, Louise est partout où l'air s'embrase. Elle parle aux femmes de Montmartre, les rassemble, les organise. « Réveillez-vous donc, leur dit-elle. Nous devons prendre notre part au combat révolutionnaire. Marchons aux côtés de nos frères. Nous aussi sommes responsables du destin de l'humanité. »

Avec deux amies féministes elle est chargée, le vingt-huit août, de porter l'énorme dossier des protestations populaires au général Trochu, gouverneur de Paris. Des huissiers, dans le vestibule, leur interdisent l'escalier. Elles les bousculent et passent outre. À la porte de l'antichambre est un officier chamarré. Sa fermeté se veut sans faille.

– Le gouverneur ne reçoit pas.

– Nous attendrons, disent les femmes.

Elles s'assoient et ne bougent plus. Un secrétaire embarrassé tente de les décourager. Louise se dresse, le repousse, et désignant le tas de feuilles dans la chemise en gros carton :

– Nous venons de la part du peuple de Paris pour remettre en mains propres au général Trochu les papiers que vous voyez là.

Le peuple de Paris. Elle prononce ces mots avec une fierté si haute que l'autre n'ose pas insister plus avant. Il s'incline, invite « ces dames » à lui remettre le dossier, promet que Trochu le lira, sans faute, dès qu'il le pourra. Louise ricane :

– Bas les pattes. Nous n'avons pas confiance en vous. Nous dirons donc à nos amis qui nous attendent, là-dehors, que le gouverneur de Paris refuse d'entendre leurs voix.

Le lendemain, soulagement. On apprend que les condamnés n'ont pas été exécutés. Un sursis leur est accordé. Ils survivront. L'Empire, non. Il en est à son dernier souffle.

Napoléon est prisonnier. Le quatre du mois de septembre, la République est proclamée. On espère un monde tout neuf. On n'a guère le temps d'y croire. Des élections législatives hâtivement organisées n'offrent que quelques rares sièges à la Révolution sociale. La plupart des nouveaux assis sont républicains (mais pas trop) ou, pire encore, monarchistes. La France rurale a gagné. On aime encore, à la campagne, les beaux seigneurs qui parlent bien. Mais peu importe. Pour l'instant, on a d'autres loups à chasser. Car la guerre n'est pas finie. Les Prussiens assiègent Strasbourg. Louise et ses compagnons exigent qu'on envoie des hommes au secours de la ville. Ils manifestent. On les disperse. On en arrête quelques-uns. Elle est du nombre. On l'interroge.

– Sauver Strasbourg ? lui dit l'officier de service. Allons, ce n'est pas notre affaire, nous n'y sommes ni vous ni moi.

La défaite française est déjà digérée chez les patrons et les ministres. L'important ? Conclure la paix, et que les affaires reprennent. Le peuple, lui, veut la victoire. Il est affamé jusqu'à l'os mais il est fier, et patriote. Bismarck en France ? Il n'en veut pas. Par Lunéville, Toul et Lens les Prussiens marchent sur Paris. Des comités de vigilance s'organisent dans les quartiers. Louise, élue sans opposition, préside celui de Montmartre. Théophile Ferré est nommé responsable du club de la Révolution qui siège salle Pérot. Ils se rencontrent chaque jour dans les assemblées générales. On veut se défendre. On n'a rien. Une poignée de révoltés décide de prendre d'assaut le palais de l'Hôtel de Ville où sont des armes, paraît-il. Louise est des leurs. Elle marche en tête. De ce jour, vingt-deux janvier 1871, elle ne connaîtra plus jamais, même en passant, la paix des simples.

7.

Aujourd'hui pour Louise, beau temps. Rentrée d'argent inespérée. D'où lui est-il tombé ? Qu'importe. Elle l'a, elle ne l'attendait pas, elle en est surprise, elle jubile. Comment fêter l'événement ? Elle ne réfléchit pas longtemps. Lui revient la vieille promesse faite à un ami de toujours, Sébastien Faure, homme paisible, voué par sa famille à l'état religieux, sorti athée du séminaire et converti à l'anarchie. Lors de leurs dernières rencontres, deux ou trois fois elle lui a dit :

– Dès que mes moyens le permettent, je vous invite à déjeuner. Bien sûr que je sais cuisiner. Je vous ferai un vrai repas de bon vin et de petits plats.

Et voilà qu'aujourd'hui, elle peut. Rendez-vous est pris pour demain, à midi et demi, chez elle.

Sébastien est à l'heure. Il entre. Sourires, serrements de mains. Il est content de découvrir le logis modeste où vit Louise. Marianne, près de la fenêtre, s'occupe à repriser des bas. Elle a l'air de mauvaise humeur. On n'y prend pas garde, on s'assied, on échange quelques nouvelles. Louise est nerveuse. Elle parle trop, signe qu'un souci la tourmente. Elle suit une idée, elle l'oublie, repart au galop sur une autre, se perd dans des brouillards de mots. Une heure passe ainsi. Sébastien s'impatiente. Il essaie de n'en rien montrer mais il a grand-faim. Il se risque. Il ose demander quelques informations sur le repas promis. Marianne grogne dans son coin. Louise pousse un long soupir triste. Elle est au bord des larmes. Elle ne sait comment dire mais elle le dit enfin. Elle n'a rien préparé. Sa mère vient à son secours. Façon de parler. Elle l'accable.

– Un homme, gronde-t-elle, un de ces plus que maigres qui n'ont d'hospice que la rue, est venu ce matin s'asseoir contre le mur de la maison. Qu'a-t-elle fait, la demoiselle ? Elle a ouvert la porte, elle l'a traîné dedans, elle lui a offert du café, et comme il n'avait rien, pas même un sou d'espoir, elle lui a fourré dans la poche tout l'argent de notre maison. Du coup, plus rien, plus un centime pour acheter ce déjeuner qu'elle voulait cuisiner pour vous. Regardez-la, elle me fait honte. Elle me fera mourir, c'est sûr !

Sébastien sourit, prend les mains de son amie soudain muette.

– Je vous invite, lui dit-il, et c'est un plaisir sans mesure. Mais avant d'aller nous chercher quelques tranches de charcutaille et autres bontés de gourmands, répondez-moi bien franchement.

Son regard se fait malicieux.

– Ne seriez-vous pas un peu sainte ?
– Rassurez-vous, je sais haïr.
Elle rit trop fort, se rembrunit.
– Je ne suis qu’enragée, dit-elle.

8.

L'armée prussienne est là, aux portes de Paris. La ville est ceinturée de feu. Le peuple est seul à la défendre. Villages perdus et repris, percées, retraites, canonnades, on ne sait qui gagne, qui perd, qui verra ou ne verra pas naître l'aube au fond du brouillard mêlé de fumées rougeoyantes.

Louise s'est habillée en garde national. Rien ne la distingue des hommes. Du Quartier latin au Bourget, de Buzenval à Vaucresson, elle combat, secourt les blessés, revient dans Paris affamé, ranime les espoirs, raffermit les courages, prend aussi le temps de rêver, dans les bourbiers, sous la mitraille, au grand soleil de l'avenir. Aux environs de Montretout est tombé Gustave Lambert, intrépide et enthousiaste explorateur, avant la guerre, des terres vierges du Grand Nord. Au soir de sa mort pitoyable, se retrouvant seule à veiller, elle imagine une banquise d'une pureté de diamant, un voyage en ballon, là-bas, dans ces contrées immaculées. Elle pense à ce siècle prochain où l'humanité sera libre, où le monde sera paisible et pour tous les êtres accueillant, où des flottes d'aéronefs traverseront les océans, où des sous-marins glisseront dans le silence des coraux et les forêts d'algues mouvantes. L'homme du futur, se dit-elle dans la boue sanglante des champs, adoucira un jour l'âpre mère Nature. Voilà qui raffermit son cœur. Un poème lui vient en tête tandis que renaît l'aube grise dans les banlieues incendiées.

La guerre est bel et bien perdue. Nul n'en doute chez les ministres. L'Assemblée nationale et le gouvernement ont trouvé refuge à Bordeaux. Il faut en finir au plus vite avec les frasques ravageuses de l'Empire enfin décati. On n'a gâché que trop d'argent en futilités assassines. Que veulent-ils donc, ces Teutons ? L'Alsace et la Lorraine ? Ils y sont, qu'ils y restent. Cinq milliards en or ? C'est beaucoup, mais quoi, nos coffres-forts sont pleins. On signe la paix. Fin du drame. Dans les beaux quartiers, on respire.

Le peuple, lui, se sent trahi. Il ne peut pas se résigner à cette défaite piteuse. M. Thiers et sa République de cousus d'or et de coquins sont décidément des couards pétris de la même farine que ce pendard d'ex-empereur, voilà ce que l'on dit dans les rues des faubourgs. On veut combattre, on se sent fort, d'autant que gronde dans les cœurs une tempête de grand large. Place Wagram, place des Vosges sont des rangs serrés de canons rutilants comme à la parade. Ils n'ont jamais tiré sur le moindre Prussien. Inutiles, neufs, ils attendent. Les comités de vigilance décident à l'unanimité qu'ils doivent travailler à défendre Paris. Une foule aux manches troussées aussitôt s'en vient, les saisit. On les attelle à la va-vite à des chevaux, à des mulets. Quelques-uns sont traînés jusqu'aux Buttes-Chaumont, les autres grimpent vers Montmartre. Les voilà désormais à ces gens en chemise qui n'ont d'envie que de chauffer, dès qu'il faudra, leur bouche à feu.

Montmartre. Un haut lieu, désormais. L'« Acropole de la révolte », selon d'épiques chansonniers. Le « mont sacré », dit Louise, qui le connaît par cœur. Sa vie est là, sur cette butte qui semble veiller sur la ville. Elle y a sa maison, son école, sa mère, et l'assemblée de militants dont elle est la tête effrontée.

Les députés et les ministres sont discrètement revenus de l'escapade bordelaise. Thiers ausculte Paris, trouve sa fièvre haute. Il estime prudent de ne pas s'exposer aux éruptions imprévisibles du volcan qui lui gronde au nez. Les comités de vigilance ne cessent de mobiliser. Il n'est pas de quartier où ne veillent leurs hommes. Les Prussiens campent un peu partout dans la plaine d'Île-de-France. On cesse de les harceler, et donc ils ne bougent plus guère. L'État déménage à Versailles où ce qu'il reste des armées s'ennuie en attendant les ordres.

Ils ne tardent pas. Le dix-sept mars 1871, dans les rues du Quartier latin, de Ménilmontant, de Montmartre, apparaissent sur les façades des affiches collées de frais. Thiers s'adresse à ses chers « habitants de Paris ». Il désigne ses ennemis, des « hommes malintentionnés » qui voudraient empêcher le « retour du travail et de l'honnête aisance » et prétendent (pure folie) résister aux Prussiens avec des « canons dérobés ». Il les prévient qu'il va sévir, que le désordre qu'il constate est ruineux pour les gens de bien. Il ordonne aux bons citoyens de se séparer des mauvais et les prie de prêter main-forte aux forces de la République plutôt que de leur résister. L'ordre doit être rétabli, « entier, immédiat, intraitable ». On peut compter sur lui, il le sera bientôt, et malheur aux mauvais Français qui oseront lui tenir tête. Pas le moindre souci d'apaiser les esprits. Son discours n'est, de fait, qu'un prélude à l'attaque.

À peine le soleil couché, l'armée des versaillais marche sur les faubourgs. La bataille est inévitable. Louise est à Montmartre, chez elle. Elle entend sonner le tocsin. Elle se dresse, prend son fusil, le fourre sous son long manteau et se précipite dehors. Au comité de vigilance elle retrouve ses compagnons. Théophile Ferré est là, parmi les autres. Ils se serrent les mains. Peut-être échangent-ils un regard d'amis proches. Tous sont armés. Ils parlent peu. Dans la brume des rues ils marchent à la rencontre de la troupe ennemie.

Ils sont une poignée. En face, un régiment les attend de pied ferme. Ils vont à la mort, ils le savent. Personne, ni diable ni Dieu, ne pourrait arrêter leurs pas. Et voilà que soudain dans la nuit qui pâlit Louise découvre à son côté la vieille Marianne, sa mère. Elle marche, elle aussi, le dos courbe, un fichu serré sur le col. Elle ne dit rien. Elle accompagne. Le cœur de sa fille s'emballe. Une brusque angoisse l'affole, la gèle sur pied. Elle gémit. Mourir, elle, soit. Mais sa mère ! Faudra-t-il qu'elle la voie tomber ? Elle veut la chasser. Elle ne peut. Elle se tourne à droite et à gauche comme pour chercher du secours. Ses yeux s'écarquillent, s'embuent. Marianne n'est pas venue seule. Toutes les femmes de Montmartre, vêtues à la hâte, sont là, dans les vagues lambeaux de brume qui les font semblables à des spectres rescapés d'antiques combats.

Ils arrivent aux Buttes-Chaumont. Ils aperçoivent au loin des soldats versaillais aux contours imprécis dans l'aube à peine née. Des mitrailleuses et des canons sont braqués sur ceux qui s'en viennent. Les gens de Montmartre s'arrêtent. Ils sont à portée de fusil. Les femmes, non. Elles marchent encore. Les hommes en restent bouche bée. Nul ne songe à les arrêter. Elles s'avancent vers les soldats, le front haut levé, le pas ferme.

Un ordre sec, soudain. Le général Lecomte ordonne le feu, droit devant. Un cri aussitôt lui répond, stupéfiant, inespéré. Un sous-officier sort des rangs. C'est Verdaguerre, un fort en gueule. Il sera plus tard fusillé pour cet élan d'humanité. Il se plante devant ses hommes. Il leur ouvre les bras. Il hurle :

– La crosse en l'air ! Ne tirez pas ! Voyez-vous pas ? Ce sont nos frères !

Un bref instant dans les feuillages on entend piailler

des oiseaux. Une corneille prend son vol dans l'air mouillé. Battement d'ailes. Alors un fusil à l'envers se lève au bout d'un bras tendu, puis dix, puis cent, puis mille enfin. Délivrance des cœurs, embrassades, vivats. Insurgés, soldats, hommes, femmes se regardent en riant, incrédules, ahuris. Lecomte est arrêté par les gens de sa troupe. On le désarme, on le ligote. Ceux de Montmartre le protègent de la fureur de ses soldats. Il doit être sous bonne escorte amené à l'Hôtel de Ville. Il n'ira pas plus loin que la rue des Rosiers.

Là l'attend une foule énorme, turbulente. On la sent d'humeur massacrante. Car on vient de mettre la main, à l'instant, sur Clément-Thomas, lui aussi général de l'armée versaillaise, surpris en vêtements civils aux barricades de Montmartre dont il notait sournoisement les forces et faiblesses cachées. Un espion. Le peuple déteste. Les deux prisonniers de haut vol ordinairement intouchables sont poussés contre une muraille où pend, à demi déchirée, une affiche de M. Thiers. On discute. Que faire d'eux ? Les voix s'énervent. On se bouscule. Un coup part. Dix autres crépitent. Les deux tombent sur le trottoir, la poitrine dix fois trouée. Pour les soldats, justice est faite. Justice ? Non. Tuer ainsi est au mieux une exécution dont on ne saurait tirer gloire. À Versailles on s'indignera. On criera au meurtre innommable, à l'assassinat inouï.

Louise n'est pas rue des Rosiers à l'instant de l'événement. Peut-être est-elle allée raccompagner sa mère. Elle apprend ce qui s'est passé. C'est une faute, elle désapprouve. Elle comprend pourtant ces soldats. La haine qu'ils ont éprouvée fait trop souvent grincer son cœur. Ces deux généraux étaient prêts à ordonner une tuerie, tranquillement, comme à la chasse. « Nous, les gens de Montmartre, aurions peut-être pu les sauver de la mort qu'ils méritaient, dit-elle. Mais la colère de leurs hommes était en vérité trop vive pour être exprimée autrement qu'à coups de feu définitifs. »

Pour l'instant on crie victoire. Il faut, pour qu'elle soit éclatante, indiscutable, sans retour, faire de cet élan que l'on n'espérait pas une irrésistible poussée. Au lendemain de ce jour-là on enterre un compagnon d'armes tué en défendant Paris. Théophile Ferré, debout sur le corbillard de ce frère, harangue la foule assemblée, hurle à s'égosiller que le temps est venu de marcher sur Versailles, d'estourbir le gouvernement, de proclamer enfin à la face du monde la nouvelle Révolution. Mais on hésite, on n'ose pas. On attend que Versailles vienne. Personne ne le sait encore mais on n'attendra pas longtemps.

Plus que tous Louise s'impatiente. Elle décide d'aller tuer, seule, à l'insu de presque tous, le « nabot » (elle parle de Thiers) dans sa banlieue des rois Louis. Après son rendez-vous manqué chez « Napoléon le petit », la voilà reprise soudain par son obsession régicide. Elle ne se confie qu'à Ferré. Elle lui expose son idée avec cette extrême passion qu'elle met aux batailles de mots quand elle veut à tout prix convaincre. Trucider ce brigand, dit-elle, si elle pouvait y parvenir, éviterait peut-être un massacre prochain qu'elle pressent effroyable. Théophile lui interdit de tenter le coup. C'est stupide. On ferait de Thiers un martyr. Il est convaincu que sa mort serait donnée pour preuve aux gens que la Révolution sociale n'est qu'un ramassis d'assassins, de barbares, de moins que rien. Elle écoute, elle soupire. Elle trépigne au-dedans. Mais elle admet à contrecœur qu'il a probablement raison.

– Et de toute façon, ajoute Théophile, vous n'arriveriez pas à Versailles vivante. L'armée garde tous les chemins.

Louise sourit à peine. Elle pense, l'air buté : « Pour cela, il a tort. Je le lui prouverai. J'irai et je m'en reviendrai. Personne ne m'arrêtera, ni lui, ni Thiers, ni son troupeau. »

Le lendemain matin elle s'habille en bourgeoise et prend la route de Versailles. Elle ne rencontre aucun ennui. Son voyage est banal, son arrivée tranquille. La ville est paisible, accueillante aux gens de bonne compagnie. Elle se promène dans les rues, elle visite même le parc où campe pauvrement l'armée. Sous les grands arbres défeuillés par l'hiver qui n'en finit pas ne sont que haillons de tentes. Elle note : « Troupe lamentable. Maigre cavalerie. Soldats sans cœur au ventre. » Elle parle aimablement à ces hommes affalés devant les feux de camp :

– Savez-vous ce qui se prépare ? Paris remue, Paris revit, une Révolution nouvelle réinvente la liberté. Vous êtes des enfants du peuple, c'est pour vous aussi que travaillent ceux qui veulent notre avenir enfin vivable et fraternel. Rejoignez-les, ils vous espèrent.

Ils l'écoutent, rieurs, surpris, aucun d'eux ne la contredit, certains même, à mi-voix, l'approuvent. Quand elle les quitte, ils la saluent.

À vingt pas des grilles du parc, une vitrine de libraire attire irrésistiblement son œil. Elle entre dans la paix des livres, elle fouine, engage la conversation avec la maîtresse du lieu qui se plaît à lui conseiller quelques lectures distrayantes tout en grommelant pis que pendre contre cette fille perdue, Louise Michel (Dieu la maudisse !), dont on parle dans les journaux et qui voudrait à tout le moins faire de notre beau Paris un lupanar pour apatrides. Louise découvre (elle l'ignorait) que les Versaillais la connaissent et qu'elle effraie dans les salons autant qu'une ogresse aux dents rouges dans un roman sentimental. Elle s'en étonne, s'en amuse, fait semblant de s'épouvanter de ses supposées turpitudes, ajoute sa moue dégoûtée à celle de la bonne dame, achète un paquet de journaux et prend le chemin du retour.

Dès son Montmartre retrouvé, elle s'en va droit au comité, trouve Ferré dans son bureau. Elle lui dit :

– Je viens de Versailles. Vous aviez tort. La route est libre. Nous sommes beaucoup trop timides. Y serions-nous allés en foule, hommes, femmes, fusils, chansons, l'armée nous tombait dans les bras.

Elle est contente. Ferré, non.

– Enfantillages, lui dit-il. Ici, on ne risque sa vie que si la situation l'exige. Vous l'avez fait par fantaisie, c'est antirévolutionnaire.

Mais il admire son audace. Il est fier d'elle, elle le voit bien. Il veut le cacher. Elle sourit.

Vingt-huit mars, beau temps sur Paris. Proclamation de la Commune. Au sommet de l'Hôtel de Ville est un immense drapeau rouge déployé dans le bleu du ciel. Sur la place, les bords de Seine, jusque dans les rues alentour grouille un peuple joyeux, remuant, bariolé, d'où montent des poings et des cris, des fusils brandis, des bannières, des airs de clairons batailleurs repris par mille et mille voix dans un tumulte de tambours tonnant comme le cœur du monde. Parmi les gens, des soldats, artilleurs, zouaves, fantassins, déserteurs du parc de Versailles, et les bataillons de Montmartre, La Chapelle, Ménilmontant, avec chacun son étendard surmonté d'un bonnet phrygien. On entend gronder des canons, au loin, aux portes de la ville. Qui bombarde ? Bismarck ou Thiers ? On l'ignore, mais ces deux-là ne veulent pas qu'on les oublie.

Pour le moment une fanfare entonne le *Chant du départ.* Un ouragan de voix aussitôt le reprend. On a en l'avenir une confiance aveugle. Le craindre ? Non, pas aujourd'hui. Les élections municipales organisées le seize mars ont poussé au balcon, d'où ils saluent la foule, des hommes, ouvriers, artisans, d'une honnêteté radicale. Leur droiture et leurs convictions n'ont jamais vadrouillé ailleurs que dans des débats sans traîtrise. Les gens ne s'y sont pas trompés, ils ont désigné les meilleurs. C'est vrai, mais il faut tempérer. On n'a vu défiler dans les bureaux de vote qu'un peuple clairsemé. Commerçants, bourgeois, domestiques, ignorants, indécis, peureux sont restés enfermés chez eux. Le parti des boudeurs et des indifférents fut le vrai vainqueur, ce jour-là. Cette Commune qui festoie est moins forte qu'elle ne le croit, mais elle fait un si beau boucan qu'on ne veut pas s'en inquiéter. On va réinventer le monde. Les craintifs, les désabusés, les sceptiques, les renfrognés rejoindront le camp du bonheur quand ils verront le peuple à l'œuvre. Il fait trop beau pour en douter.

Le fait est que deux mois durant la Révolution fait du beau. On incendie la guillotine. La peine de mort ? Abolie. Et l'on s'attaque sans tarder à la mère de tous les maux, de tous les vices : la misère. On ne peut en un tournemain la changer en fée du logis, mais pour le moins on l'adoucit. On installe des étalages de fruits, de légumes, de pain distribués à prix coûtant. On réduit le temps de travail de dix-sept à dix heures par jour, et défense est faite aux patrons d'employer des enfants de nuit. Désormais les hommes et les femmes sont égaux en droits et devoirs. Même ouvrage, même salaire. Aux miséreux est allouée une indemnité de survie. Les logements inhabités sont réservés aux sans-abri. On pensionne les orphelins, les veuves, les blessés de guerre. On attribue les ateliers et les fabriques abandonnés par leurs patrons enfuis à Versailles ou ailleurs aux coopératives ouvrières. L'école est laïque, gratuite et ouverte à tous les enfants, quelle que soit leur condition. Dans les hôpitaux, plus de messes, plus de nonnes, mais des infirmières. L'Église et le nouvel État vivent leur vie chacun chez soi.

Et les artistes, et les savants qui ont si grand besoin de paix pour mener à bien leurs travaux, leurs œuvres, leurs explorations, comment traversent-ils ce printemps communal ? Ils travaillent, ils sont libres, on les écoute, on prend soin d'eux, on les estime nécessaires à la grandeur des temps futurs. Tous les soirs des concerts partout font salle comble. Les musées ? Grands ouverts et visite gratuite. Quant au jardin des Tuileries, autrefois domaine impérial, il est offert aux orphéons, aux promenades populaires et aux amoureux printaniers. À la commission fédérale consacrée à l'enseignement siègent Courbet, Jules Vallès, Jean-Baptiste Clément aussi, le poète à la plaie ouverte dont on chante encore aujourd'hui l'inoublié *Temps des cerises*. « Que chacun, disent-ils, se livre à son génie sans entrave d'aucune sorte. Paris doit devenir le paradis des arts. » On s'enivre, on s'enthousiasme avec cette étrange innocence que l'on ne connaît qu'aux enfants et aux inventeurs d'avenir.

Les savants, eux, sont plus circonspects. Ils ne se soucient pas du monde. C'est pourtant pour eux, ces jours-là, pour leurs travaux, leurs découvertes que Louise l'hugolienne et la combattante obstinée se passionne avec une ardeur à tout instant renouvelée. Il n'est pas de jour qu'elle ne coure de conférence en institut, de laboratoire en colloque, d'académie en cours du soir. Elle s'intéresse à tout, au traitement du choléra que tente le docteur Drouet, à la météorologie, à la télégraphie sans fil, aux recherches embryologiques, à ce que dit Chevreul de la matière noire et des météorites. Il faut, Louise le dit et redit, aider, protéger les chercheurs et les laisser en paix à leurs expériences. Plus que les peintres, les poètes, les musiciens, les philosophes, ils sont l'avenir, elle le sent. Elle croit au génie de la science, à l'insatiable désir de tout savoir, tout explorer, jusqu'aux confins de l'univers, jusqu'au fin fond des océans, jusqu'au cœur même des atomes. Pour elle la Révolution n'aura rien fait d'impérissable si elle n'ouvre une voie royale aux inventeurs, aux créateurs, à ceux qui ont toujours tiré l'humanité vers plus de savoir, plus d'espace, de profondeur, d'étonnements.

Nous voulons tout, dit-elle. Tout. Une justice vertueuse, du pain pour les nécessiteux, des écoles pour les enfants, des abris pour les va-nu-pieds, et des musiciens, des poètes, des médecins enthousiastes, des découvreurs émerveillés, des explorateurs intrépides.

Ils n'auront rien de tout cela. Le deux avril au petit jour une canonnade soudaine réveille Paris en sursaut. Fin des rêves. On tombe du lit et l'on n'ose ouvrir les volets. L'horizon rougeoie vaguement du côté du mont Valérien. Louise à Montmartre croit d'abord à quelque bombance teutonne. Mais non, il faut s'armer, et vite.

On accourt à l'Hôtel de Ville où des informateurs s'essoufflent à raconter ce qu'ils ont vu. Versailles attaque. Deux armées. L'une s'en vient par Vaucresson, l'autre par Rueil et Nanterre. Les hommes de Thiers ont piégé les fédérés de Courbevoie. Tous massacrés. Pas de quartier. Ils ont canonné, à Neuilly, un pensionnat de jeunes filles qui sans doute, dit Louise, priaient Dieu pour ces gens qui leur tiraient dessus. Elle en rit tristement. Mais quoi, il n'est plus temps de s'apitoyer sur les morts. Partout dans les rues de Paris on élève des barricades. L'armée des communards s'assemble. Quinze mille hommes, guère plus, en deux groupes de combattants.

Dès le matin du trois avril, ils s'avancent vers les faubourgs. Ils vont en enfer, ils le savent, mais ils l'imaginent fécond. La Révolution libertaire, s'ils doivent mourir, survivra. Ils croient leur grand rêve immortel. Il va se noyer dans le sang.

9.

Dès cette première sortie, ceux du bataillon de Montmartre comptent une femme parmi eux. C'est Louise. Elle est simple soldat. Elle porte le même uniforme que ses compagnons de combat. Au troisième jour de bataille, le jeune Georges Clemenceau s'en vient sur la ligne de front. Il est en ce temps-là médecin, socialiste et maire de Montmartre. Il n'est pas armé. Il s'informe, se soucie de Louise, l'observe avec une angoisse étonnée. Il éprouve une amitié forte pour cette jeune institutrice qu'il a accueillie dans ses murs et qu'il a vue, dans son école, étudier avec ses élèves les modes de vie des tortues, des poissons en bocal, des crapauds, des insectes, des souris ou des serpenteaux recueillis au hasard des champs et des ruisseaux. Il est donc venu la rejoindre loin de ces jours peuplés d'enfants. Parmi les hommes, on ne voit qu'elle. Que peut-il faire ? Lui parler ? Elle ne se soucie de personne. Il lui crie de se protéger. Elle n'entend rien dans ce boucan. Il se terre avec des blessés dans des creux de fossés hâtivement piochés.

Devant les fédérés est un champ désolé aux lointains effacés par des fumées grondantes. On n'aperçoit, de-ci de-là, que de soudains éclats de feu, des masures qui se consument. Les versaillais sont là, dans ce brouillard épais qui roule, qui s'approche. Ceux de Montmartre les mitraillent sans rien distinguer que des spectres disparus à peine entrevus entre deux bouffées de grisaille. Tous, bourbeux jusqu'aux yeux, sont tapis à plat ventre derrière des remblais.

Tous, sauf Louise dressée sur un rebond de terre. Elle épaule, tire, recharge, et cela sans cesse, debout, sans souci des nuées de balles qui l'environnent, qui la frôlent, qui lui sifflent dans les cheveux. Clemenceau, fasciné, ne peut se détourner de ce grand corps inébranlable cherchant au loin des vies à prendre et donnant la sienne à qui veut. Il est derrière elle, accroupi, il ne peut pas voir son visage mais il l'imagine impavide, grave et pourtant extasié. Elle fait l'amour avec la mort, et la mort la flaire, l'effleure, lui parle à l'oreille, s'en va, s'en revient, fumante, joueuse, et cette folle s'offre aux caresses mortelles, droite dans ses godillots lourds, le front haut dans le ciel et le corps inviolé dans son uniforme grotesque. Pourquoi s'expose-t-elle ainsi ? Quel démon, quel défi la pousse ? Qui la protège ? Est-ce le Diable ? Est-ce Dieu qu'elle regarde en face en croyant ne voir que brouillard ?

Longtemps après ce jour étrange, ce compagnon des vieux combats élu député de Paris confiera, encore ébahi : « Que je ne l'aie pas vue tomber m'est apparu comme un miracle mille et mille fois répété. Et je ne suis resté qu'une heure où elle a combattu ainsi probablement jusqu'à la nuit. »

Cette mort qui ne veut pas d'elle emporte les siens par milliers. Les jours qui suivent sont féroces. Les communards sont submergés. Ils meurent le fusil au poing ou se replient sanglants, boiteux, et les femmes sous la mitraille emportent au large les blessés dans des ambulances bancales. Les compagnes de ceux qui tombent, dit Louise, ne combattent pas, mais quelle amoureuse bravoure il leur faut en ces jours maudits ! Elles sont sur tous les fronts à soigner, consoler, fermer les yeux des morts.

Partout l'armée des versaillais avance inexorablement. Pas de quartier. Les hommes pris sont à l'instant même abattus. Flourens, général fédéré au courage admiré de tous, se retrouve un matin brumeux, après une nuit fracassante, tant bien que mal barricadé dans un cabaret de Chatou avec son ami de toujours, Amilcare Cipriani. Ses hommes armés à la va-vite et mal préparés au combat n'ont cédé qu'au petit matin. Ils se sont dispersés dans des fumées complices. Il les a regardés courir. Il n'est pas de ceux qui reculent. Les versaillais battent les champs alentour du petit village. Son frère d'armes le supplie. Il est encore temps de fuir. Il demande au cabaretier s'il connaît une route libre.

– Celle de Nanterre, peut-être, risque l'autre, suant de peur.

– Va voir, lui dit Cipriani.

L'homme sort en trottant derrière sa bedaine. Il s'éloigne, hésite un instant et dérive vers les soldats qui errent, l'arme sous le bras, dans les herbes du bord de Seine. Il leur désigne sa maison, toute seule au bord du chemin. Par une fente du volet Cipriani a vu son geste. Il a compris. Il dit :

– Perdus.

Flourens soupire. Il grogne :

– Nous ne nous rendrons pas. Qu'ils viennent, sacré nom de Dieu !

Il empoigne son pistolet. Cipriani charge le sien. Quarante versaillais s'amassent sur le seuil. Cognements lourds. Fracas. Ils entrent. Le premier dedans tombe mort. Deux coups de feu, au même instant, l'ont troué en plein uniforme. Échauffourée brève, furieuse. Les deux compagnons sont cernés, menés devant le capitaine.

– Qui de vous est Flourens ? dit-il.

Une voix ferme répond :

– Moi.

Il attend, fièrement planté, les bras croisés sur la poitrine. Lui vient un sourire narquois. Dernier éclat de vie dans l'œil. L'autre gronde, tire son sabre, fend son crâne en deux et s'en va.

Cipriani a la vie sauve par la grâce d'un lieutenant

caracolant sur son cheval, en plein soleil, devant la porte. Il houspille, il presse ses hommes et, désignant le survivant, il braille que c'est à Versailles qu'on fusillera celui-là. Le mort et le vivant sont ensemble jetés sur un chariot de foin. Les voici parvenus dans la ville des rois. Une foule de gens s'assemble et les escorte en hurlant à la mort. Visages terribles, haineux, contents de voir réduits en guenilles sanglantes ces êtres exténués qui leur ont fait si peur. Au commissariat de police on les traîne dans une salle grande ouverte sur un couloir. Elle est vide, dallée de pierre. Un soupirail ferré l'éclaire. Cipriani ferme les yeux. Son frère est mort, il va mourir. Ne lui parviennent du dehors que des bruits de voix ordinaires. Il aimerait dormir, ne plus se réveiller. Pourtant il relève la tête, le regard soudain rallumé.

Il entend s'approcher des pas d'hommes sonnants et des rires de femmes. Étrange, en un lieu aussi nu, aussi éloigné de la vie qui va son train, sous le soleil. Deux officiers fringants, chamarrés, apparaissent. À leur bras sont deux dames aux chapeaux printaniers. Gants blancs, dentelle au col, manteau de soie bruissante. L'une est jolie, l'autre dodue. Elles semblent revenues de promenade au bois. Ce sont, pense Cipriani, de ces gens de bonne famille auxquels on ne refuse rien, pas même une virée mondaine dans un cul-de-sac policier.

– Comme ils sont sales ! Ils me répugnent, dit l'une en grimaçant du nez.

Et l'autre, s'approchant du mort :

– Ainsi, voilà Flourens. Il n'a pas bonne mine. Je l'imaginais plus gaillard.

De la pointe de son ombrelle, négligemment, la moue blasée, elle fouille le crâne fendu et répand un peu de sa cervelle sur les dalles de la prison. Toutes deux gloussent, énamourées, et se serrent contre les hommes. Ils sortent ainsi, en bavardant.

Cipriani survit. On l'expédie au bagne. Il en revient huit ans plus tard. C'est par lui que l'on sait ce qu'on fit à Flourens. Il le dit à son amie Louise, un jour, à Londres, après longtemps. Ils remuent, ce soir-là, chacun leurs souvenirs, comme l'on fait tranquillement quand les morts sont loin dans le temps et pourtant si proches du cœur qu'on les sent là vivants, qu'on entend leurs murmures. Pour son ami Cipriani, Flourens a vécu et péri comme l'ont fait des milliers d'hommes qui s'en sont allés fous d'espoir et ne sont jamais revenus :

– Son histoire est la nôtre. Elle est celle de gens qui désiraient bien faire. Ils ne méritaient pas qu'on les massacre ainsi.

– Il n'a pas vu la fin, chance pour lui, dit Louise.

Elle se tait. Elle rêve longtemps.

Elle ne passe à Paris, au cours du mois d'avril, que deux demi-journées pour rassurer sa mère et lui dire que oui, elle fait bien attention, qu'elle se contente de soigner les blessés dans des abris sûrs, qu'elle va aussi bien que possible. Il est vrai que de temps en temps elle aide les ambulancières à Villejuif, au fort d'Issy. Elle est le plus souvent, femme parmi les hommes, avec les artilleurs aux abords de Neuilly, ou les éclaireurs de Montmartre, « compagnons des hautes bruyères » si peu soucieux de leur vie qu'ils la risquent loin sur les routes farcies de fusils malveillants. L'armée de Versailles approche. Que faire ? Plus rien. On l'attend.

10.

Le moulin de Pierre, à Clamart. Une ruine ronde, éboulée, sur une butte à l'herbe rêche parmi les cailloux malveillants. À quelques dizaines de pas, une bâtisse abandonnée, aux murs fendus, au toit crevé. Les fenêtres, vues du dehors, découvrent des bouts de plancher et de larges pans de ciel triste. De l'éboulis à la maison, une ligne fortifiée percée de semblants de meurtrières, hâtivement bâtie de pierres, de sacs de terre, de gravats, de bouts de poutres délabrées. Le vent mouillé siffle au travers. Au loin dans la rase campagne on entend tonner le canon et crépiter des mitrailleuses. Une poignée de communards veille là depuis trop de jours. On n'espère plus la victoire. On guette l'ennemi qui d'heure en heure approche, on tente de le retarder, on tire çà et là sur des ombres mouvantes et l'on fait le gros dos sous les obus tombés trop près du feu de camp et des auvents de toile.

Louise est de ces soldats qui s'obstinent pour rien. Elle vient de faire du café. Il va bientôt leur en manquer. Elle le dit à un compagnon pelotonné au bord des braises. Elle ne le connaît pas. Il est tout jeune. Il lit. Elle s'assied à côté de lui. Elle jette un coup d'œil à son livre. Il s'en aperçoit. Il lui dit :

– Baudelaire. *Les Fleurs du Mal.*

Elle hoche la tête.

– C'est beau. Baudelaire est un grand poète.

Sur l'éboulis du vieux moulin un guetteur leur crie :

– Hé, là-bas, voyez-vous pas qu'on nous pilonne ? Sacredieu, venez à l'abri !

Ils sont seuls aussi loin du mur hétéroclite où les hommes sont entassés. Ils ne se tournent même pas vers ce grand gueulard qui s'inquiète. Ils parlent en se chauffant les mains aux flancs de leur bol de café.

– Quand tu n'es pas soldat, dit Louise, que fais-tu ?

– Je suis étudiant en histoire. Je voudrais écrire, plus tard.

– Moi, j'écris. Surtout des poèmes.

Le jeune homme hausse les sourcils :

– Une femme, ici, et poète ? C'est inattendu, pour le moins.

Louise sourit. Un obus tombe à une trentaine de pas. Fracas soudain, assourdissant. Le sol tremble, les graviers volent, retombent autour d'un trou fumant. Louise époussette son habit. Elle dit, tranquille, l'œil brillant :

– Écrivain, femelle et barbare, voilà vraiment ce que je suis. J'aime le canon, la mitraille, l'odeur de la poudre dans l'air, Dieu tout en feu dans ses nuées.

– Tu n'as pas peur ?

– Je ne sais pas. Je n'ai pas le temps d'y penser. Quand je sens la terre frémir, quand le ciel s'enflamme là-haut me viennent de grandes musiques, des *Te Deum*, des chants guerriers. Je n'ai ni bravoure ni crainte. Je trouve cela beau, c'est tout.

Deux hommes de loin les houspillent, leur viennent devant, l'air rogneux :

– À l'abri, bon Dieu, c'est un ordre !

Ils les tiraillent par le bras. Le jeune homme ferme son livre. Il soupire, contrit :

– Bonne nuit, Baudelaire.

– *Une charogne*, lui dit Louise. Des poèmes des *Fleurs du Mal* je crois que c'est mon préféré.

Tous les deux suivent les soldats en récitant à double voix :

Rappelez-vous l'objet que nous vîmes, mon âme,
Ce beau matin d'été si doux…

À peine sont-ils éloignés qu'un obus tombe près du feu et brise en miettes les deux bols où ils avaient bu leur café.

11.

Clamart. Il fait nuit. Tout est calme. Devant la gare, une tranchée. Ils ne sont là que deux, Louise et un Africain. Large carrure, haute taille, nuque massive, front plissé. On ne sait s'il veille ou s'il rêve. Ils gardent la bâtisse obscure, un train oublié là, le long d'un quai désert. Silence étrange et bienvenu. Ceux de Versailles ont mitraillé tout le jour, jusqu'au crépuscule, et soudain plus rien. L'accalmie. « Pourvu qu'elle dure », pense Louise. Ils n'ont que deux fusils chargés, juste de quoi donner l'alerte si les autres (ils ne sont pas loin) se prenaient d'une envie d'assaut. Mais non, pas un bruit sous la lune, sauf quelques aboiements de chiens dans l'air tranquille du lointain.

– Tu es une curieuse femme, dit l'homme noir, à voix traînarde.

Il guette une fenêtre où bouge une lueur.

– Et toi un curieux communard, répond Louise, l'œil amusé.

– Pourquoi ?

Elle ne sait que répondre. Elle lui dit enfin :

– D'où viens-tu ?

– De la cité du Vatican. J'étais zouave pontifical avant de venir à Paris. J'ai entendu parler Ferré, et j'ai décidé d'espérer.

Le regard de Louise se perd, elle ne sait où, dans des savanes. Elle sourit vaguement à la nuit toute simple et pourtant infinie. Elle pense, le cœur remué : « Faut-il que nos destins soient imaginatifs ! Petit Africain nu, Rome, soldat du pape, Paris et la Révolution, Clamart plus loin de son village que l'est ce trou où nous veillons de ces étoiles qui nous veillent. Quel hasard, quel ange, quel diable l'a-t-il donc conduit jusqu'ici ? Quelqu'un, en vérité, marche-t-il devant nous et nous force à le suivre, lui qui semble savoir où nous devons aller ? Quel étrange voyage nous faisons ici-bas ! Par où faut-il que nous passions, par quelles nuits, par quelles ombres pour atteindre enfin cette source dont nous avons tellement soif, et qui n'est peut-être qu'un songe, qu'un mirage dans un désert ! »

Le grand Noir, moqueur, la regarde. Il dit :

– Comment te semble la vie que nous menons ?

– Elle est comme une longue marche avec une lumière au bout.

– Pour moi, dit l'autre (et ses yeux brillent comme s'il découvrait Noël), elle est comme un livre d'images que je feuillette, en attendant.

– En attendant quoi, bougre d'homme ?

– Je ne sais pas. En attendant.

12.

Ce jour-là, au parc de Neuilly, il grêle une telle mitraille qu'on croirait entendre un orage, un soir d'été troué d'éclairs, dégringoler sur les feuillages, les allées, les buissons et les auvents vitrés des belles demeures désertes. Louise s'étonne de voir là, abandonnés sur les pelouses, d'incompréhensibles pianos jetés hors de leur nid cossu. Quelques-uns gisent, fracassés, d'autres, épargnés par le déluge, semblent attendre des mains de femme à l'abri des branches penchées. « On dirait, pense-t-elle, qu'ils ont voulu s'enfuir et n'ont pu se traîner plus loin. »

Au bord des arbres bombardés est une énorme barricade. Elle tient les versaillais au large, pour l'instant. Louise est de ceux qui la défendent. Autour d'elle des morts, des membres arrachés, des poitrines ouvertes, des têtes sans visage et des agonisants qu'on panse sans espoir. Depuis combien de temps est-elle à la besogne, à prêter main-forte ou secours, à se dresser hors des abris dans d'irrespirables fumées, à ranimer les épuisés à grands coups de rage effrénée, à tirailler debout sans crainte des soldats qui l'aperçoivent et la désignent derrière les fûts de canons ? Des jours, des nuits, peu lui importe, elle n'a pas le temps d'y penser. Ses compagnons s'inquiètent d'elle. Hagarde, échevelée, joues creusées, teint grisâtre, sa figure est à faire peur. On lui conseille, on lui ordonne d'aller dormir une heure ou deux. Son arme lui tombe des mains. Elle s'éloigne de quelques pas le long des maisons désertées.

Elle voit une porte entrouverte. Elle la pousse, l'œil aux aguets. Pénombre humide, fraîche, calme. C'est un vieux temple protestant. Elle le reconnaît à l'odeur. Elle s'avance parmi les bancs désordonnés par la visite d'intrus en quête de sommeil. Un orgue est là, monumental sous la maigre lueur lunaire tombée d'un œil-de-bœuf brisé. Tuyaux d'étain, double clavier. Seules manquent deux ou trois touches. Elle s'assied. Elle plaque un accord qui tout soudain emplit l'espace, mugit, tonne de mur en mur, déborde jusque dans la rue. Elle jubile. Cela lui plaît. Les mains un instant suspendues, elle écoute au loin le canon puis s'accorde au rythme des bombes, joue à répondre à leur bruit lourd en musique tonitruante, improvise un air de chanson. Des mots lui viennent. Elle les fredonne, peu à peu s'exalte, s'emballe et se met enfin à chanter, battant follement les claviers comme on jette ses chaînes au diable :

Oui, barbare je suis,
Oui, j'aime le canon,
La mitraille dans l'air,
Amis, amis, dansons
La danse des bombes !
Garde-à-vous, voici les lions !
Le tonnerre de la bataille gronde,
Amis, chantons, amis, dansons
La danse des bombes !
Garde-à-vous, voici les lions !
Amis, chantons !

Fracas de porte, bruits de voix, bancs renversés, bottes sonnantes. Un capitaine et trois soldats marchent sur l'orgue déchaîné.

– Arrêtez, sacré nom de Dieu ! hurle l'officier furibond.

Il essuie son front effaré, et soudain, reconnaissant Louise :

– C'est vous qui faites ce chambard ? Savez-vous que vos braillements attirent les obus sur nous ? Si nous ne manquions pas de balles, je vous aurais fait fusiller. Retournez à la barricade !

Neuilly tombe le lendemain. Louise et ses compagnons se replient en désordre sur la porte Maillot. Dernier rempart avant Paris. Dernière nuit. Elle est de veille.

Un homme auprès d'elle soupire, ramasse son flacon de vin, boit au goulot et dit, tranquille :

– Eh bien, il va falloir mourir.

13.

La porte Maillot tient encore par miracle, rage ou folie. Mais la Muette et Saint-Cloud tombent, et Batignolles, et Clignancourt. Paris est de partout cerné. Les derniers fédérés postés dans les banlieues ont abandonné les décombres où les derniers hommes valides défendaient des lambeaux de murs. Ils se sont repliés à l'abri de la ville enfiévrée par les roulements obsédants de la canonnade, du tocsin sous le ciel plombé, des tambours sur les barricades. On ravive les cœurs éteints, on s'interdit le désespoir, on brandit plus haut les fusils, on crie : « La Commune vaincra ! » On s'acharne encore à le croire mais on sait que tout est perdu et qu'il ne reste plus, dit Louise, qu'à mourir honorablement.

D'ailleurs, *L'Officiel* de Versailles embouche déjà les trompettes de l'impitoyable curée. Première page, éditorial : « En avant, pas de prisonniers ! » Suit cette précision d'un cynisme si pur qu'il en est poétique : « S'il est, parmi les insurgés, un citoyen de bonne foi entraîné de force au combat, assurément vous le verrez. Un honnête homme, sachez-le, se distingue des malfaisants à l'auréole qui l'éclaire. » Et pour conclure, appel au meurtre, pour ceux qui n'auraient pas compris : « Surtout, que nos braves soldats se sentent libres d'accomplir dans l'instant de l'action et dans sa rage même ce que le lendemain sans doute ils n'auraient pas fait de sang-froid. »

La tuerie commence en silence. Dans la rue Beethoven est un poste de garde. Louise y vient, une nuit, avec quelques amis. C'est la pleine lune, il fait doux. Des hommes sont couchés sur le pavé luisant. Ce sont les fédérés qui doivent veiller là. On croit qu'ils dorment, on les secoue. On se poisse les mains de sang. Ils sont tous morts, la gorge ouverte. On pressent, si rien n'est tenté, un irrémédiable désastre.

C'est alors que s'invitent, au bord du feu d'enfer qu'ils observaient, jusqu'à ce jour, avec une anxiété muette, des gens connus (si l'on peut dire) pour leur constante discrétion. Des Vénérables francs-maçons et des Compagnons du Devoir sont reçus à l'Hôtel de Ville. Leur avis est qu'il faut négocier la paix. Ils veulent la croire possible. Il doit bien, pensent-ils, se trouver à Versailles des ministres doués de quelque humanité, sinon de bon sens politique. Ils proposent d'aller planter, sur le rempart du Point-du-Jour, la bannière des pacifiques. Et si Thiers, disent-ils aux élus communards, refuse notre main tendue, nous serons vos compagnons d'armes pour vivre avec vous ou mourir. Louise assiste à cette entrevue. Elle est fascinée par ces hommes dont elle ignore à peu près tout et qui semblent venus, dit-elle, « d'un autre âge ». Elle est émue par leurs paroles, impressionnée par leur maintien. Elle se plaît à les voir semblables à ces chevaliers de romans qui peuplaient ses rêves, à Vroncourt.

Le lendemain, de grand matin, elle accompagne leur cortège. Par les rues embrumées de bouffées de poussière, le peuple, au pas des portes ou perché dans les arbres, entassé aux balcons, assis en haut des murs, regarde défiler ces gens qui paraissent sortis vivants d'un antique livre d'images. Ils sont cinq mille en longue file à marcher aux remparts en feu, les plus hauts dignitaires en tête, à l'habit noir frangé d'argent, portant des drapeaux jamais vus, puis les officiers Rose-Croix avec au cou le cordon rouge et d'autres signes symboliques qui, nous dit Louise intimidée par leur savante étrangeté, réveillent dans son cœur des songes héroïques. Il lui semble marcher dans un rêve éveillé. Les personnages énigmatiques d'un spectacle démesuré lui sont offerts dans des fumées, des musiques d'apocalypse. « Quelle beauté ! » dit-elle. Elle voit cela, rien d'autre dans cet instant terrible, que l'étonnante grandeur que son regard découvre et qu'elle n'imaginait possible nulle part, sauf dans ces opéras géants qu'elle regarde les yeux fermés, la nuit, dans son lit solitaire. Terrible, pourtant, cet instant.

À l'avancée du Point-du-Jour, entre les armées face à face, trois vénérables compagnons s'en viennent planter leur bannière. Tous peuvent la voir. Elle est blanche. Elle se déploie au vent léger, et les seuls mots qu'on peut y lire, sur sa longueur, en lettres rouges, sont : « Aimez-vous les uns les autres. » Elle est aussitôt mitraillée, déchirée, réduite en lambeaux. Le feu s'obstine ainsi jusque passé midi, après quoi, en délégation, des francs-maçons vont à Versailles. Ils tentent de parlementer. Du bout des dents on leur consent une trêve de vingt-huit heures. Ils retournent à l'Hôtel de Ville, rendent compte de leur mission. Ils n'ont rien obtenu qui vaille. Leurs frères estiment nécessaire de publier leurs décisions.

Ils condamnent l'insulte faite à leur bannière pacifique. « Les francs-maçons, écrivent-ils, sont des hommes de bon vouloir qui pratiquent autant qu'ils le peuvent l'étude et la fraternité. Leurs ennemis sont l'ignorance et sa mère la tyrannie. Ils sont aussi des philosophes. Ils pensent, ils réfléchissent aux progrès désirables et à l'épanouissement des êtres humains, d'où qu'ils soient. » Et ils concluent leur manifeste par ces mots sans ambiguïté : « Nous avons fait, ces jours derniers, des efforts trois fois repoussés par ceux qui prétendent incarner l'ordre, la paix et le bon droit. Notre patience est épuisée. Nous prenons aujourd'hui les armes. Que soient punis les meurtriers qui obscurcissent l'avenir ! »

Louise s'émeut et s'émerveille de ces renforts inattendus. Mais plus que leur engagement la touchent les noms de ces gens et de leurs loges mystérieuses. Elle les découvre avec bonheur, les redit avec gourmandise.

La musique imagée des mots l'emporte au-delà des combats, dans son ailleurs le plus intime. Elle ne se lasse pas d'énumérer ces noms qui pourraient être ceux de chansons ancestrales, de contes paysans. La Rose du Parfait Silence, la loge Harmonie de Paris, le Garant de Pure Amitié, et ces surnoms de compagnons arborés comme des blasons, Nivernais Noble-Cœur, Draguignan Bien-Aimé, Thomas dit Poitevin-Sans-Gêne, Lyonnais Flambeau-du-Devoir. Voilà qui sent l'enluminure, et pourtant ces hommes de bien habillés de vieilles couleurs, ces « fantômes » qui la fascinent se veulent inventeurs d'avenir. Cela lui plaît. Elle se sent proche de ces drôles de beaux vivants. Elle aussi a toujours rêvé d'un monde certes délivré de ses pesanteurs, de ses chaînes, mais qui demeurerait enraciné profond dans cette terre poétique où sont les aïeux nourriciers. « Du passé faisons table rase », chantent les disciples de Marx. Elle n'aime guère cette idée. On ne construit rien sur du vide.

La trêve dure un jour et trois heures de nuit. On attend maintenant la dernière bataille. On pressent qu'elle sera sanglante et sans merci. L'aube se lève sur Paris. Pour l'instant les rues sont désertes. Elles semblent écouter les oiseaux qui saluent le soleil levant.

14.

Louise est retournée à Montmartre. S'il faut mourir, ce sera là. Elle retrouve ses vieux amis du comité de vigilance. La canonnade versaillaise se rapproche du « mont sacré ». Une poignée de résistants prend position parmi les croix du cimetière de la Butte. Louise est des leurs. Coûte que coûte il faudra tenir. Jusqu'à quand ?

Ils se terrent contre des murs qu'ils ont dressés à la va-vite. Il pleut de plus en plus d'obus. La nuit tombe. Vague accalmie, le temps de savourer le parfum de la terre et des fleurs ravivées par la rosée du soir. Des lueurs passent sur les marbres, comme des rêves égarés. Des ambulancières, dans l'ombre, tentent de soigner des blessés malgré les éclairs crépitants qui par moments les illuminent. Louise s'émeut de les voir là, elles sont toutes de ses amies, Marie Ferré, infatigable, Blanche Lefebvre, Andrée Léo. Lui revient un instant le temps insouciant des cours du soir, des découvertes, de leurs conversations rieuses. C'était l'Empire. Jours heureux. On combattait à coups de mots chargés non pas de feu sanglant mais d'incassables espérances. On ne pensait pas à la mort. Tout cela maintenant lui paraît irréel et pourtant si proche, si doux. Elle quitte l'abri du muret, contemple de loin ses compagnes, leur fait un signe d'au revoir. Elle doit profiter des ténèbres pour aller repérer de près les nids des canons ennemis.

À l'instant où elle met son pistolet en poche, un obus déchire les branches du grand vieux hêtre aux cheveux blancs qui la dissimule à demi. L'arbre frémit. Dans la nuit tiède, tandis que la mitraille alentour s'exaspère, il neige sur elle des fleurs. Sa tête hirsute, son visage, ses yeux, ses lèvres, ses épaules, son uniforme de soldat en sont soudain environnés, effleurés, caressés, couverts. La tombe à côté d'elle aussi. C'est celle d'une bonne amie du temps de la rue Hautefeuille, Jeanne Poulain, l'institutrice tellement affamée d'apprendre qu'elle notait inlassablement les paroles des professeurs malgré les longs accès de toux qui sans cesse la secouaient. Le regard de Louise s'embrume. Elle ne s'était pas aperçue que Jeanne était là, auprès d'elle. Elle sourit. Elle sent une larme déborder, rouler sur sa joue. Elle entend qu'on l'appelle, et qu'on lui crie après, mais le bruit vient d'un autre monde, d'un monde où sifflent des obus et qui lui paraît, si loin d'elle, ridiculement irréel. Elle ne bouge ni ne répond. Il lui semble qu'une musique imperceptible et pourtant sûre, apaisante, joyeuse traverse la nuit foudroyée. On dirait que le temps l'écoute, lui aussi.

Louise recueille au creux des mains les fleurs légères sur son cou, sur sa figure, sa vareuse et les dépose sur la dalle où est inscrit le nom de l'amie des beaux jours. Un poing la saisit, la secoue, l'entraîne où sont les autres, à l'abri des murets.

– Maintenant, vous ne bougez plus, lui dit une grosse voix d'homme. A-t-on idée d'aller jouer à la demoiselle fleuriste par le temps qu'il fait, nom de Dieu !

Le jour vient. Des brumes dérivent, descendent vers les versaillais. Dans le cimetière on se compte. Il y a plus de blessés que de vivants debout. Il faut aller chercher du renfort à Montmartre. Qui, pour grimper là-haut, courir à découvert, offert à la mitraille ? On discute. On se tait. Louise est déjà partie. On la regarde se glisser, le dos rond, d'une tombe à l'autre, se faufiler dehors par un trou dans le mur. Des éclats de feu la poursuivent. Elle court, accroche son regard à quelques lueurs de fenêtres, là-haut où veillent ses amis.

La voici dans les rues désertes. Elle reprend souffle. La mairie. Sur les marches un jeune homme est assis. Il sanglote. Il n'a pas de papiers, pas un sou, il n'a rien. Il voulait s'engager, combattre. On vient de le jeter dehors. Sa vie est inutile, il ne sait qu'en faire. C'est cela qui le désespère. Louise lui prend le bras, l'entraîne à l'intérieur. Il y a foule. On crie des nouvelles, on parle, on va et vient, on fourbit des fusils. Elle plaide sa cause. C'est bon. On lui donne une arme, des balles. Il est grand temps de redescendre. Ils sont cinquante à galoper vers le cimetière assiégé. Les voici au trou dans le mur. Le jeune inconnu y parvient loin devant la petite troupe. Il veut le franchir le premier. À peine de l'autre côté il s'effondre, troué au front. « Je n'ai même pas su son nom », écrit Louise dans ses *Mémoires*. Une mère, peut-être, l'a attendu longtemps derrière un rideau de fenêtre. Dans quelle maison, quelle chambre ? Il y en a tant, dans tant de rues ! »

Des cinquante venus en renfort de Montmartre ils ne sont bientôt plus que dix. Ceux de Versailles sentent bien que la résistance agonise. Ils foncent droit. On fuit sous les grêlons de feu. Les derniers rescapés débouchent place Blanche. Là est la barricade hérissée de drapeaux et de guenilles rouges où combat une troupe opiniâtre de femmes. Ivre de bruit, d'odeur de poudre, de fatigue, Louise prend place à leur côté, s'obstine à défier la mort. Elle déraisonne, elle crie que la victoire est proche. Une joie insensée embrase son regard. Elle a soif. Elle veut du café. À coups de crosse, à coups de pied, elle cogne à la porte fermée d'un bistrot à l'écart des bombes. Le tavernier accourt, affolé, suppliant. Le vacarme le terrorise. Elle le bouscule, elle le menace, elle joue à l'effrayer encore. Elle rit enfin. Elle plaisantait ! Elle offre à boire à ses compagnes et revient au mur de pavés ébréché par la canonnade.

Passe Dombrowski à cheval. C'est une des hautes figures de la Révolution perdue. Il est encore chef de l'armée communarde, mais il est épuisé, il ne croit plus en rien. Il vient à Louise, il la salue.

– Nous sommes perdus, lui dit-il.

Elle lui répond :

– Perdus ? Allons donc, mon ami, je sens un parfum de miracle.

Ils se serrent la main. Le général s'éloigne. À quelques pas de là il tombe à la renverse, sans un cri, la poitrine en sang. Ce qui reste de combattantes l'emporte au large des canons.

Ils ne sont bientôt plus que sept à défendre la barricade, puis trois, Louise et deux hommes, un capitaine fédéré indifférent à la mitraille qui ne parle que de son fils, onze ans, bon cœur, sacré bonhomme, et un trapu aux cheveux blonds qui tire sur tout ce qui bouge avec ce sourire sauvage qu'avait, dit-elle, ce grand Noir, l'ancien zouave pontifical qui avait veillé avec elle, une nuit, gare de Clamart. Ils tombent bientôt tous les deux, les yeux ouverts au soleil blanc derrière les brumes passantes. Les soldats versaillais envahissent la place, courent fouiller les rues, les maisons alentour. Tandis qu'ils se dispersent, encore méfiants, Louise fonce dans les fumées, rejoint les autres barricades. À la chaussée de Clignancourt, place Pigalle, à la Bastille, elle ne rencontre que débâcle, amis morts ou désespérés.

Le massacre dure huit jours. Il fera dans Paris trente mille victimes, selon la vue de nez modeste des vainqueurs. Les cadavres s'entassent à l'Élysée-Montmartre. Sur la Butte où Louise a sa mère, ses compagnons, ses écoliers, « c'est comme à l'abattoir », dit-elle. On laisse agoniser les gens sur les pavés, sur le seuil des portes battantes. Le vingt-huit mai, au Père-Lachaise, plus de cent quarante hommes et femmes arrêtés après les combats sont ensemble poussés contre un pan de muraille et fusillés en tas. Ainsi, baptisé de leur sang, naît au fond du grand cimetière le fameux « mur des Fédérés ».

Jour et nuit dans Paris on tue comme à la chasse. On pousse les fusils jusqu'au fond des maisons. Au moindre soupçon, on égorge. Des marchands devant leur boutique qui acclament les versaillais sont abattus comme les autres. Sans doute avaient-ils oublié leur auréole d'innocents. Le dernier souffle communard allume d'énormes brasiers dans les quartiers que l'on dit beaux parce qu'ils hébergent les riches. Les Tuileries, l'Hôtel de Ville, le palais du Conseil d'État sont réduits en décombres noirs. Louise n'est pas de ceux qui brandissent les torches mais elle les approuve hautement. C'est, dit-elle, notre vengeance, celle des méprisés, des pauvres, des sans-grades, des exploités perpétuels.

Ultimes combattants, dernière barricade, celle de la Fontaine-au-Roi. La Commune n'est déjà plus qu'un souvenir désespérant. Ils sont là huit hommes debout sous un immense drapeau rouge. Théophile Ferré, Jean-Baptiste Clément sont de cette poignée d'insensés héroïques. Ils n'ont plus que leur vie à donner. Ils le savent. Leurs munitions sont épuisées. Les « loups », dit Louise, se rapprochent. Encore deux balles chacun pour répondre au canon inlassable qui tonne, à la tempête de mitraille qui déchiquette leur drapeau mais ne parvient pas à l'abattre.

C'est alors qu'apparaît au coin d'une ruelle, courant dans les fumées vers ces hommes perdus, une jeune fille inconnue. Elle ne demande rien, elle veut se rendre utile. Elle dit :

– Je ne sais pas me battre mais je peux soigner vos blessés.

Ferré lui crie :

– Allez-vous-en, vous allez vous faire tuer !

Clément, le chansonnier, murmure :

– Qu'elle est belle !

Il se croit au bord de la mort. Peut-être pense-t-il qu'à son dernier instant, avant que ses yeux ne se ferment, la vie lui offre ce cadeau, un visage de jolie fille, une incarnation du printemps. Une explosion soudain le renverse, l'aveugle, l'assourdit, l'enterre à demi. Éruption de poussière irrespirable, opaque. Elle se disperse. Il voit enfin. La jolie fille a disparu. Où elle était n'est plus qu'un trou, quelques bouts de robe qui brûlent, des fumées, même plus de corps.

Clément vivra, vaille que vaille. Il connaîtra d'autres misères, composera d'autres chansons, mais *Le Temps des cerises* demeurera toujours la plus belle, la plus poignante, la plus étrange de sa vie. En 1871, à l'heure du dernier combat, elle est vieille d'au moins cinq ans. Il se souvient qu'en ce temps-là, avec les vers qui lui venaient, il avait en tête un visage, une fille fraîche, avenante, imaginaire, évidemment. Et voilà que cinq ans plus tard il l'a vue qui venait à lui. Cette infirmière inespérée, son corps, son regard, sa figure, c'était celle, vivante, vraie, qu'il avait autrefois rêvée. Menue, les yeux bleus, tête blonde, il est sûr qu'elle l'a regardé, que c'est à lui qu'elle a parlé. Elle était là, et puis plus rien. Ne restent après elle qu'un air, des paroles qui savaient tout avant que les choses n'arrivent. Il les dédie à cette amie jamais connue, longtemps pleurée. Sa plaie béante, son amour, c'est elle dans ce mois de mai qui n'en finit pas de mourir. À elle ces mots, déchirants et doux :

J'aimerai toujours le temps des cerises
C'est de ce temps-là que je garde au cœur
Une plaie ouverte.
Et dame fortune en m'étant offerte
Ne pourra jamais calmer ma douleur.
J'aimerai toujours le temps des cerises
Et le souvenir que je garde au cœur.

Clément, Ferré et quelques autres abandonnent la barricade. Le canon se tait. C'est la fin. Dimanche vingt-huit mai. À l'heure où l'on fusille au fond du Père-Lachaise, une affiche apparaît sur les murs de Paris.

Elle est signée de Mac Mahon. Elle dit aux Parisiens que l'armée de la France est venue les sauver, que les combats sont terminés, que l'ordre, le travail et la sécurité règnent désormais sur la ville.

Les canons se sont tus, les feux partout s'éteignent, Louise émerge du cauchemar. Son cœur n'est plus à la bataille. Le voici envahi par le souci d'amour. Sa mère, sa Marianne. Est-elle encore en vie ? Pourvu qu'elle soit restée cloîtrée dans sa maison, à l'abri des fureurs qu'elle-même affrontait en barbare intrépide. Angoisse de l'après-tempête. Elle veut la voir, la rassurer. On massacre encore à Montmartre. Raison de plus. Elle doit y aller.

D'abord s'habiller en bourgeoise. Ne pas éveiller les soupçons. On lui prête une jupe grise, la sienne est trouée de partout. Capeline, chapeau discret, bottines neuves, petits pas. Elle grimpe vers la rue Oudot, croise des bandes de soldats. Son allure est trop anodine pour attirer même un regard. Elle rencontre Mme Blin, une vieille amie des beaux jours. Marianne ? Non, elle ne sait pas. Elle ne l'a pas vue ces temps-ci. Nouvelle bouffée d'inquiétude. Elles se voyaient tous les matins. Où peut-elle être ? Louise se rassure. Elle n'est pas sortie, voilà tout. La cour de l'école est déserte. Au fond, la porte du logis. La petite chienne Finette l'entend venir. Elle hurle, elle gratte, elle bondit dans ses bras ouverts le seuil à peine franchi. Le chat se frotte à son mollet.

Elle le chasse, appelle sa mère. Pas de réponse. Elle n'est pas là. Elle va frapper chez la voisine, une vieille grosse à chignon.

– Oh, c'est vous, Louise.

Elle est gênée. Elle reste sur son pas de porte à triturer ses doigts dodus. Elle hésite, elle avoue enfin :

– Des soldats sont venus vous chercher tout à l'heure. Comme ils ne vous ont pas trouvée, c'est elle qu'ils ont emmenée. Allons, ne vous inquiétez pas. Quand ils s'apercevront qu'elle n'a rien fait de mal, ils la relâcheront, c'est sûr.

De l'autre côté de la rue est un poste de militaires logé dans un petit bistrot. Elle s'y précipite, elle se fait connaître. Elle crie au nez de l'officier :

– Ma mère, qu'en avez-vous fait ?

L'autre, tranquille, lui répond :

– Elle doit être au bastion 37, sans doute déjà fusillée. Avec nous, ça ne traîne pas.

Le bastion 37. Elle connaît. Elle court, perd son chapeau, qu'importe, elle n'entend rien que rumeur vague, ne voit rien que brouillard confus. Elle s'arrête enfin. C'est ici. Elle reprend souffle. Elle n'en peut plus.

Une vaste cour de caserne, pleine de prisonniers. Elle reconnaît des compagnons de son comité de Montmartre. Embrassades, regards muets. Elle cherche parmi les visages. Elle l'aperçoit enfin, seule, désemparée. Un sanglot lui monte à la gorge. Elle est vivante. Elles se font signe. Elles s'étreignent, Marianne gronde, lui demande ce qu'elle fait là. Louise l'amène au commandant. Il occupe un petit bureau à la fenêtre grande ouverte sur le brouhaha de la cour. Elle s'efforce au calme. Elle s'explique :

– Je m'appelle Louise Michel. C'est à moi que vous en voulez ? Me voici. Libérez ma mère.

L'officier semble satisfait. Il sourit à la vieille femme. Il lui dit :

– Vous pouvez partir.

Mais l'autre ne veut rien entendre. Quoi, sans sa fille ? Pas question. Il faut que Louise se gendarme, et la raisonne, et l'amadoue :

– C'est l'affaire de quelques mois, je serai bientôt revenue. Allons, ne dis pas de sottises, on ne fusille pas les femmes, va vite, à bientôt, ne crains pas.

Tendres mensonges qu'on veut croire, planches de salut de l'amour. Marianne s'en va. Louise reste. Elle n'espère aucune pitié.

15.

Parmi les prisonniers assemblés dans la cour sont deux commerçants de Montmartre. Ils contemplent, le nez au vent, les hauts murs qui les environnent, les gardes postés, l'arme au pied, le tertre, au bout des bâtiments, planté d'un poteau noir de sang. Ils disent à qui veut les entendre qu'ils ne sont là que par erreur, ils ne font pas de politique, Dieu les garde d'un tel péché, ils sont sortis de leur boutique pour regarder courir des gens et ils ont été ramassés par un vent de rafle confuse. Et comme on les écoute à peine :

– Nous sommes d'honnêtes marchands, font-ils savoir à voix sonore aux artilleurs indifférents en faction devant la bâtisse. Nous admirons l'armée française. Nous le dirons au commandant, il comprendra, c'est un gradé, il nous fera raccompagner, et ce soir rue des Poissonniers nous aurons de la belle histoire à raconter à nos voisins !

Ils se taisent soudain et restent bouche bée.

Une troupe de cavaliers apparaît au seuil du portail. À leur tête, l'œil aiguisé, un évident grand personnage. Poitrail médaillé, nuque raide, face pourpre, moustache en croc. Il ordonne d'un signe aux gardes du bastion de rameuter les prisonniers sous le mufle de son cheval.

– Je suis Galliffet ! hurle-t-il. Il paraît que je suis cruel, vous l'avez dit, gens de Montmartre. Je suis cruel, oui, en effet, et plus que vous l'imaginez.

Gaston de Galliffet, général et marquis. « Arriviste, hâbleur et bruyant », selon Boni de Castellane, le dandy des salons princiers. On raconte de lui ceci, parmi d'autres de ses faits d'armes. Un jour il regarde passer, sa badine battant sa botte, une troupe de communards qu'on mène aux prisons de Versailles. Il lance un ordre sec. Tout le monde fait halte. Il commande, la mine haute, que descendent dans le fossé les prisonniers aux cheveux gris. Cent onze captifs obéissent.

– Souvenez-vous, dit-il. 1848. Vous êtes assez vieux pour être de ces gueux qui par malheur, cette année-là, se sont gravement rebellés contre le roi Louis-Philippe. Vous êtes aujourd'hui coupables pour la deuxième fois. C'est trop.

Il les fait mitrailler sur place. Tableau de chasse personnel : à peu près trois mille victimes. Clemenceau fait, longtemps après, cet ironique commentaire : « Galliffet n'a pas fusillé depuis un peu plus de vingt ans. Vraiment monotone, la vie. Quelles joies resteront bientôt ? »

Louise et ses compagnons sont donc sans illusion. Ils ont tous entendu parler du « massacreur aux talons rouges ». Ils lui font face. Ils vont mourir. Mais il faut être convenable pour voyager dans l'au-delà. « Nous avons nos coquetteries », dit-elle. Ils rajustent leurs vêtements, dépoussièrent leur chevelure. Ils sont prêts.

– Tirez dans le tas ! crie Galliffet, le sabre au poing.

Les soldats le regardent, hésitent. Les deux marchands veulent parler, ils ne sont coupables de rien, ils bafouillent, ils ne peuvent dire, ils s'affolent, ils s'enfuient soudain, bousculant les gens alentour. Galliffet rugit un juron et les désigne aux artilleurs. L'un court au large vers le tertre. Une salve part et l'abat. L'autre tombe à genoux, supplie. Louise proteste. Elle s'égosille :

– Ils ne sont en rien communards ! Voyez-vous pas qu'ils sont des vôtres ?

L'homme à terre, hébété, regarde les fusils se tourner contre sa poitrine. Alors il dit un dernier mot. Certains entendent « hélas ». Louise comprend « Anna ».

Longtemps après, dans ses *Mémoires*, elle raconte cette mort-là. À peine son livre paru, une femme s'en vient la voir. Elle lui dit que ce fusillé était probablement son père, qu'il tenait boutique d'habits, en effet, rue des Poissonniers, qu'il a disparu ce jour-là, et qu'elle n'a jamais su pourquoi.

– C'est mon nom qu'il a dit. Anna. Vous l'avez entendu, pas vrai ?

Elle se tait longtemps puis murmure :

– Je ne savais pas qu'il m'aimait.

16.

On traîne les morts hors de vue. Le « massacreur aux talons rouges » suit des yeux les corps emportés puis tourne bride brusquement et, piquant sec des éperons, aussi raide qu'à la parade entre deux haies au garde-à-vous, il sort au trot avec sa troupe. Alors dans la cour du bastion on parle à nouveau, on s'anime. Bref instant. On n'a pas le temps de reprendre goût à la vie. Les soldats à grandes gueulées rassemblent en rang les prisonniers. Des gardes s'affairent à rouvrir les deux lourds battants du portail. On les amène. Le soir tombe. Ils devinent une longue marche avec, au bout, la fusillade sous les étoiles, loin de tout.

Dans la brume trouée d'éclats, de traînées rouges, ils cheminent, troupeau muet sans horizon, sans avenir. Louise, étrangement, est allègre. La noire poésie de la nuit qu'elle traverse l'émeut plus que sa mort, qu'elle croit inévitable. Ces formes vagues à peine vues déjà perdues dans les ténèbres, ces lueurs de lune passante sur l'encolure des chevaux, ces cavaliers semblables à des spectres géants derrière la clarté des torches, tout cela lui est familier, c'est l'intime pays des songes où elle aime à se retirer. « Il me semble marcher, dit-elle, dans une gravure de livre. » Le soldat qui chevauche à son côté se penche. Elle distingue à peine ses traits. Il est tout jeune, il semble inquiet. Il lui dit :

– À quoi pensez-vous ?

Sans doute à un poème, une sombre épopée, un chant qui saurait dire enfin la tragique beauté du monde.

Elle répond :

– À rien. Je regarde.

On ordonne un temps de repos. Quelques-uns, serrés côte à côte, grelottent dans l'herbe mouillée, d'autres s'isolent sous les arbres, certains parlent avec les soldats. Ils savent où ils vont. À Versailles.

Au grand jour revenu, ils traversent la ville. Une foule excitée, braillarde, les escorte le long des rues, hurle sur eux, le poing brandi. Grêle de cailloux. Ils titubent. Des crânes, des visages saignent. Les immeubles s'espacent au bout des avenues. La campagne revient. La haine se dépeuple. Le ciel est lourd, le vent s'enrogne à bousculer les nuées sombres.

Après une heure à cheminer, le dos courbé, les poings au col, un haut mur crénelé planté sur une butte apparaît soudain, droit devant. Il domine la plaine. Le fort de Satory. Comme ils vont aborder le flanc de la colline, l'averse, aveuglante, s'abat. On leur ordonne de grimper, on les pousse à la baïonnette. Ils pataugent dans la gadoue, glissent, tombent, s'aident, se tirent. Ils parviennent, épuisés, dans la boue de la cour. On les compte, on les fouille. Un soldat ruisselant palpe l'habit de Louise. Un autre vient et le rabroue.

– Inutile, dit-il. Celle-là, c'est la Michel. Pas de temps à perdre avec elle. On va la coller au poteau.

On l'empoigne, on la pousse au pied d'un escalier. On lui fait signe de monter. Elle obéit. Les marches branlent.

En haut est un grenier au plancher poussiéreux. On y remisait du fourrage en d'autres temps moins carnassiers. Là sont des femmes qu'elle connaît, des amies arrêtées quelques jours avant elle. Mme Millière l'étreint, retient ses larmes. Elle est livide. On a fusillé son mari, elle ne sait où sont ses enfants. Mmes Dereure et Barois lui prennent tendrement les mains. Des soldats leur ont affirmé que leurs époux avaient péri sur une de ces barricades où ils avaient tué leur monde, sans rechigner, jusqu'au dernier. Non, leur dit Louise, ils sont vivants, des amis les cachent à Montmartre. Elle embrasse aussi Béatrix, Malvina Poulain, Mariana, coupables d'avoir secouru des moribonds et des blessés partout où combattaient des hommes. Parmi elles, deux inconnues : une religieuse arrêtée pour avoir consolé un fédéré mourant et une jeune échevelée qui ne sait pas ce qu'elle fait là et demande sans cesse aux autres prisonnières de quelle armée sont leurs geôliers. L'une égrène son chapelet, le regard égaré dans les hauteurs ombreuses, et l'autre s'agite en tous sens, enragée comme un loup traqué.

Louise grelotte. Elle est trempée. Ses compagnes, presque de force, lui font enfiler leurs bas secs, une jupe, un chandail de laine. Elle pense à ses amis dans la boue de la cour, sous la pluie qui n'a pas cessé. Elle se reproche d'être là et de pouvoir coucher au chaud, sur ce plancher sans lit ni paille, même si sa première nuit dans cette turne surpeuplée lui est une épreuve innommable.

Elle se tient jusqu'au jour à l'unique lucarne d'où elle peut voir les hommes arrivés avec elle pelotonnés dans leur bourbier. Quelques soldats, de temps en temps, viennent promener sur les corps la lumière de leurs lanternes tandis que d'autres épaulent et tirent sur ces formes que leur désignent les lueurs un instant brandies. À l'aube on appelle des noms. À ceux qui peuvent se lever on tend une pelle, une pioche, on les mène hors de vue, derrière la bâtisse, et on leur fait creuser la fosse où ils tomberont fusillés. Le jour renaît. La tuerie cesse. Les gardes vaquent à leurs travaux sans souci des vivants qui restent. Ainsi passent des jours, des nuits. Les prisonnières sont nourries de croûtons moisis et d'eau sale. Louise, pudiquement, précise : pas le moindre lieu retiré « pour nos ordures naturelles ».

Un matin, un jeune soldat apparaît au seuil du grenier. Il n'entre pas. Du pas de la porte il crie son nom :

– Femme Michel !

Toutes ses compagnes se dressent. Elle leur dit adieu à la hâte, gronde l'une ou l'autre qui pleure et rejoint l'homme qui l'attend.

Elle croit qu'on la mène à la mort. Elle attend cet instant depuis son arrivée. « Enfin le repos », pense-t-elle. Mais non, on la fait patienter, dans la galerie de l'étage, devant une porte fermée. Elle s'ouvre. On la pousse dedans. Là sont un militaire en armes et un officier installé derrière une petite table. Il la fait asseoir face à lui. Il l'interroge poliment, égrène des dates précises. Il veut savoir où elle était, ces jours qu'il estime maudits. Elle lui répond exactement. Il déteste son air hautain au moins autant que ce qu'elle dit. Elle note qu'il rougit un peu plus vivement à chacune de ses réponses, que son souffle se fait bruyant et que la plume, sur sa feuille, grince plus fort qu'elle ne devrait.

– Avez-vous combattu sur une barricade ?

– Sur plusieurs, monsieur l'officier.

Elle ne le quitte pas des yeux. Elle sourit, glaciale, moqueuse.

– Faut-il que je les énumère ? Place Blanche, porte Maillot, le cimetière de Montmartre, Clignancourt. Cela vous suffit ?

L'homme abat son poing sur la table. Il se dresse. Elle ne bronche pas. Il crie :

– Cette femme, à Versailles !

On la ramène à son grenier. Ce jour-là, toutes ses

compagnes sont après elle interrogées. Le lendemain au petit jour, la prison se vide d'un coup. Elles quittent ensemble Satory.

Versailles, prison des Chantiers. Une cour. Au fond, une salle où sont des enfants prisonniers abandonnés dans leur fumier. Au-dessus de la porte est un trou dans le mur. On y grimpe par une échelle et l'on entre, là-haut, dans un espace gris peuplé de souris, de cafards, de fientes d'oiseaux égarés. C'est le grand cachot réservé aux pétroleuses, aux communardes. Deux lampes éclairent cette « morgue », ainsi appelle-t-on l'endroit. Il est trop vaste et presque vide. Un banc, là, au milieu de rien. Pour dormir, des paillasses maigres. Il faut disputer le plancher à des colonies de bestioles qui fuient autour de chaque pas. Le plus pénible à supporter, en vérité, c'est la vermine. Elle grouille, elle est partout, elle est insatiable, elle dévore jusqu'au sommeil sur la bouche des endormies.

Louise proteste au nom de toutes, réclame de la paille fraîche, de l'eau propre, de quoi s'asseoir, mais en aucun cas ne se plaint. Elle est heureusement douée de cette increvable vigueur et de cette foi grande ouverte qui lui permet de dénicher au fond des plus basses misères de revigorantes beautés ignorées des gens sans espoir. « La morgue prend à l'aube des airs de moisson, écrit-elle. Les poux luisants, les brins d'épis évadés de nos matelas brillent au soleil comme un champ d'astres. » Et puis, dit-elle, on parle, on plaisante entre prisonniers, il arrive même qu'on chante. On accueille de temps en temps des femmes arrêtées de la veille, aux joues encore colorées par l'air robuste du dehors. Elles donnent à toutes des nouvelles des rues de Paris, des familles, des amis encore vivants. On s'assoit autour d'elles, on questionne, on écoute et l'on questionne encore, et l'on se tait enfin.

Car ce qu'elles rapportent épouvante. Nous ne pouvons compter nos morts, disent-elles, ils sont innombrables. Les cadavres jetés par pleines charretées dans les lacs des Buttes-Chaumont sont remontés à la surface. On les a entassés dans des tranchées creusées autour des cimetières, et l'on a mis le feu aux coulées de goudron répandues sur les corps. D'autres ont été enfouis sous les fourrés du Champ-de-Mars et sous la place de l'Étoile. Dans le cimetière d'Ivry on a brûlé quinze mille hommes jetés en vrac dans une fosse plus longue qu'un train de soldats. La fumée du charnier a infecté Paris quatre journées durant. On fusille encore à Bicêtre quarante condamnés par jour. Raspail, le député, Camille Pelletan et d'autres de l'Hôtel de Ville estiment que la répression (leur enquête est encore en cours) a fait près de cent mille morts. Enfin, telle amie de Montmartre, telle institutrice d'Ivry, telle fleuriste de Clichy, bien sûr, vous vous souvenez d'elles. Comment vont-elles ? Bien et mal. Elles ne vivent plus, maintenant, que pour attendre leurs maris, elles laissent la porte entrouverte au cas où ils s'en reviendraient, un jour, dans longtemps, tout à l'heure. Elles espèrent, elles n'y peuvent rien, elles ne savent faire autrement. Autour de celle qui raconte on comprend mais on ne peut dire, on oublie un moment ses poux, on se renfonce dans son coin.

Seule récréation, le dimanche matin. Les femmes sont autorisées à se promener dans la cour. Des couples d'officiers et de jeunes mondaines, des bourgeoises badaudes et des maris cossus viennent voir de près (mais pas trop) ces pétroleuses dont on dit qu'elles ont mis le feu à Paris et que voilà inoffensives, pour le bonheur des gens de bien. Une visiteuse, un matin, s'approche bravement de Louise. « Un beau profil grec, note-t-elle, mais trop maniérée à mon goût. » La dame lui demande, la mine un peu pincée, quoique amicale autant qu'elle peut :

– Ma fille, est-ce que vous savez lire ?

Louise sourit aimablement. « Que lui a-t-on dit ? pense-t-elle. Qu'une sauvage de ma sorte ne saurait être qu'illettrée ? Quelle drôle de maladie fait que nous sommes face à face et pourtant plus inaccessibles, plus éloignées l'une de l'autre qu'un pygmée l'est d'un esquimau ? » Elle fait la moue. Elle lui répond :

– Lire ? Ma foi, un petit peu.

– Alors je vous laisse ce livre. (Elle le sort de son sac à main.) Il vous parlera du bon Dieu.

– Laissez-moi plutôt le journal qui dépasse de votre poche. Votre Dieu, à mon goût, est bien trop versaillais.

L'œil de la jeune dame un bref instant pétille. Elle tourne les talons, sa jupe virevolte. Elle tend le journal, dans son dos. Geste vif d'une main à l'autre. Louise l'enfouit dans sa chemise. La femme rejoint son mari. Il n'a rien vu. Il lui sourit, l'air béatement satisfait. Tandis que le couple s'éloigne en saluant, de-ci de-là, quelques officiers chamarrés, « peut-être, après tout, pense Louise, sommes-nous plus proches, elle et moi, que je n'avais imaginé. Nous aurions pu fraterniser ». Elle revient parmi ses compagnes, leur montre le précieux cadeau (un journal, des nouvelles fraîches !) et s'en retourne à ses malices, car elle hait assez ses vainqueurs pour au moins les exaspérer, faute de révolte possible.

Chaque dimanche, dans la cour, elle couvre le long mur d'enceinte de caricatures au charbon. Visiteurs bedonnants ou geôliers à moustache sont assez joliment croqués pour amuser les épargnés et enrager d'autant les autres. Elle revendique aussi, en lettres majuscules, le droit pour elle et ses amies de vivre à l'écart des cafardes enfermées en leur compagnie pour laisser traîner les oreilles dès qu'elles parlent des rescapés. « Mes crimes s'entassent », dit-elle. Elle en est fière. Elle en rajoute. Sa mère vient la voir, un jour, après la messe, à l'heure où les mondains visitent les proscrits. On ne la laisse pas entrer. Entre les barreaux du portail elle lui fait passer, en cachette, une bouteille de café. Un gendarme s'en aperçoit. Il veut la lui prendre. Elle résiste, arrache l'objet du délit et le lui jette à la figure. Trois hommes arrivent à la rescousse. On la conduit au commandant. Elle est aussi haute que lui. Elle le toise, les poings aux hanches.

– Votre pandore avait des ordres, lui dit-elle. Il n'est pas fautif. Pour avoir cabossé son nez, je lui fais toutes mes excuses. J'aurais largement préféré estourbir un de vos gradés.

Voici Louise première élue de l'« académie des meneuses ». On la convoque un matin gris avec quelques autres rebelles. Elles sont quarante à ricaner sous les insultes des gardiens. On les isole en compagnie des plus pauvres vivants du monde, des enfants et de pauvres femmes égarées dans leurs cauchemars. Les uns sont fils de communards. On les harcèle sans repos pour leur arracher de la bouche le nom du possible refuge où leur père doit se cacher. Les autres sont hallucinées. Leur raison n'a pas résisté à ce qu'elles ont vu ou subi au cours des semaines terribles. Toutes les nuits elles hurlent, les yeux écarquillés, sans qu'aucun bercement ne parvienne à chasser les visions qui les épouvantent. « Nous devons les faire manger, dit Louise, comme des bébés. » L'horreur est, en ce lieu, banale, quotidienne. Pourtant une foi de chiendent s'obstine dans le cœur des êtres entre ces quatre murs crasseux où Louise écrit parfois quelque sombre poème à la maladive lueur d'un rayon de lune perdu.

Elles sont un jour une dizaine à s'asseoir en rond, à l'écart, pour se passer de main en main un jeu de cartes clandestin rescapé d'une fouille hâtive sur une nouvelle venue. L'une d'elles sait à coup sûr leur faire dire l'avenir. C'est ce qu'elle prétend, à mi-voix. Louise sourit. Elle ne croit pas à ces sornettes prophétiques, mais pourquoi ne pas écouter ce que toutes ont envie d'entendre ? Et puis, dit-elle, il serait mal de décourager l'espérance, même la plus pauvre qui soit, quand elle vient demander asile à notre maison du dedans. Les petites images parlent. Elles disent qu'un jour, dans longtemps, le peuple gagnera sa guerre, que la justice régnera, que l'ignorance et la misère n'auront plus d'endroit où loger, que l'on découvrira bientôt des remèdes à toutes les peines, que l'on bâtira des vaisseaux qui navigueront dans le ciel. Ceux qui viendront après nos vies connaîtront ce monde nouveau, vous pouvez en être certaines, voyez vous-mêmes, c'est écrit, les cartes ne mentent jamais. On les mêle soudain, on les cache à la hâte. Le claquement sec des verrous disperse le cercle secret.

Apparaît Marceron, lieutenant des geôliers. Il reste planté sur le seuil. Il appelle un jeune garçon rencoigné au fond du plancher.

– Bureau de l'interrogatoire !

Le désigné traîne les pieds. C'est un rétif. Il a douze ans. Marceron le pousse devant à grands coups de sa corde à nœuds.

– Tu finiras bien par le dire où est ton père, sacré-nom !

– Plutôt crever, grogne l'enfant.

Dans ce lieu oublié de Dieu (mais sait-on jamais avec Lui) naît trois semaines avant Noël une petite fille en parfaite santé. Même les folles s'émerveillent de la voir aussi éveillée. Marceron, ce jour-là, se tait. Il vaque comme à l'ordinaire à ses affaires de geôlier. Mais dès le lendemain matin il fait bourrer de paille fraîche la litière de l'accouchée.

17.

Passent les jours, les nuits, les espoirs, les colères. La prison ne s'adoucit pas mais les gens, geôliers, prisonnières, s'accoutument les uns aux autres, se tolèrent bon gré mal gré, parlent même parfois des journées ordinaires qu'on vivait au-delà des murs. Avec un rien d'habileté on peut maintenant, le dimanche, recevoir une lettre à l'abri des regards, en confier une autre à une main complice. On a enfin de vraies nouvelles de ceux dont on ne savait rien, frères de combat, amis proches, familles laissées sans secours. Ainsi un beau matin Louise apprend que Ferré lui aussi est enfermé aux Chantiers de Versailles, presque à portée de voix, dans un bâtiment proche avec, entre autres compagnons, Henri Rochefort et Courbet. Il est vivant. Soleil au cœur, regain de vigueur combattante, de foi furieuse en l'avenir. Mais l'embellie ne dure pas. Ce même jour on lui fait lire l'article d'Odysse Barot, journaliste au *Fédéraliste*, qui raconte comment la police de Thiers est parvenue à le piéger.

Midi sonnant. Pluie persistante. Quatre gendarmes se présentent rue Fazilleau, chez les Ferré. Le père n'est pas là. Il est parti dès l'aube à son travail d'usine. La fille, Marie, est couchée. Elle est malade. Forte fièvre. Elle ne peut pas tenir debout. Reste la mère. On l'interroge. Ils sont tous autour de sa chaise à la bombarder de questions.

– Où se cache ton Théophile ? Est-il venu te voir tantôt ? Est-il à Paris ? Quel quartier ?

Elle répond qu'elle l'ignore et que, le saurait-elle, elle ne le dirait pas. Elle tremble mais proteste. Elle s'indigne, elle supplie. Peut-on exiger d'une mère qu'elle livre son fils à la mort ? On la menace. On la bouscule. Elle tente en désespoir de cause d'amadouer les argousins.

– Oubliez mon garçon, dit-elle. S'il vous faut arrêter quelqu'un, laissez-moi prendre mon manteau et je vous suis où vous voulez.

Les hommes se poussent du coude. Ricanements, clins d'œil narquois.

– Bonne idée, mais tu es trop vieille. Ta fille sera plus bavarde après quelques nuits au cachot.

La pauvre femme s'épouvante, elle agrippe les uniformes. On l'insulte, on se défait d'elle. On force la malade à quitter l'oreiller. On lui jette des vêtements. Elle s'habille. Elle respire mal. Les hommes la poussent. Elle titube. Sa mère veut l'aider. On la rabroue encore. Elle tombe en larmes au pied du lit.

– Relève-toi, lui dit Marie (elle a peine à parler, le moindre mot l'épuise). Je serai forte, ne crains pas. C'est l'affaire de quelques jours. Il faudra bien qu'ils me relâchent.

– Vous allez la tuer ! hurle la vieille femme.

Un policier se penche. Il lui souffle à l'oreille :

– Allons, dis-nous ce que tu sais.

Mme Ferré balbutie, bafouille quelques vagues phrases en pointillés incohérents. Sa raison s'éteint. Elle délire. Elle murmure, presque inaudible :

– Rue Saint-Sauveur, rue Saint-Sauveur.

Ses bourreaux n'en veulent pas plus. Ils abandonnent les deux femmes et se précipitent dehors. La vieille mère perd l'esprit. Une semaine après ce jour, égarée dans son cauchemar, elle meurt à l'hôpital Sainte-Anne.

Dix-sept août. Première audience du conseil de guerre, à Versailles. Sont appelés à comparaître dix-huit communards, dont Ferré. La salle bruisse d'officiers et de mondaines à crinolines. Un colonel, deux capitaines et quelques chefs de bataillon occupent les sièges des juges. Les accusés demandent à être reconnus comme prisonniers politiques. Vociférations du public. Refus sans appel de la cour. Ils ne sont en ce lieu qu'un odieux ramassis de meurtriers et de voleurs. Jourde est parmi les prévenus. Il sourit à peine. Il se tait. Il se souvient. Il est celui qui « par vertu épouvantable » a refusé que la

Commune retire aux coffres-forts de la Banque de France l'argent qu'il lui aurait fallu pour subsister durablement.

Ferré ne veut pas d'avocat. Il parle longtemps, droit et seul, indifférent aux cris qui traversent la salle, aux impatiences de ses juges, aux battements sur le plancher des bottes et des souliers vernis qui ne parviennent pas à écraser sa voix. Il dit que le peuple, à Paris, a librement élu le Conseil de la ville, et que le devoir de l'État était au moins de reconnaître que la règle républicaine n'avait pas été bafouée. Il affirme que la Commune était prête à négocier, avec le pouvoir versaillais, une paix juste et nécessaire après le désastre infligé par l'armée de M. Bismarck.

– Mais non, lance-t-il fièrement à ceux qui l'accablent d'insultes, vous avez préféré une tuerie de plus. Nous avons résisté deux mois. Vous avez mitraillé, fusillé, massacré des semaines durant après notre défaite. L'histoire, un jour, vous jugera. Pour l'instant, vous êtes vainqueurs, mais je préfère, assurément, être à ma place qu'à la vôtre. Je suis fier de ce que j'ai fait. Et vous, dites-moi, l'êtes-vous ? Vous voulez ma tête, n'est-ce pas ? Eh bien la voici. Prenez-la.

Il se rassoit. Huées, tumulte. Le verdict tombe sans surprise. Il est applaudi par la salle. Ferré est condamné à mort.

Louise l'apprend dans sa prison. La voilà aussitôt louve auprès de son loup, compagne indéfectible, enragée, prête à tout. Elle écrit au conseil de guerre. Elle demande qu'on prenne, avec la vie du cher « délégué de Montmartre » (Théophile, bien sûr), la sienne qui ne veut, désormais, « plus rien voir ». « J'ai été soldat, moi aussi, et plus souvent qu'ambulancière. J'ai droit à la mort, sachez-le, et je viens vous la réclamer. » Elle écrit surtout à Ferré avec une pudeur qui dissimule à peine l'incendie de son cœur : « Puisque nous pouvons correspondre, il est bon que mes premiers mots vous disent mon bonheur de vous savoir en vie. Mais sachez bien que si ma lettre ne peut vous parvenir à temps (autrement dit : si vous mourez), moi aussi j'ai le droit de ne pas voir le reste. » Fermer les yeux, quitter la vie, rejoindre l'ami dans sa tombe, voilà son rêve, à cet instant. Mais aussitôt après, ces mots de mousquetaire : « En attendant, causons. » Elle lui raconte Galliffet, le bastion 37, Satory, le calme de son cœur quand la mort était proche, les scènes de *L'Enfer* de Dante surpassées par l'horreur du vrai. Elle parle des amis dispersés, fusillés, de la Révolution perdue, de « je ne sais quelle espérance » obstinée, indéracinable, qui lui fait « garder haut son cœur ». Elle se tient droite, en bon soldat. Mais au-dedans, quel ouragan ! Elle envoie à son « frère » un œillet découpé dans son écharpe rouge. Elle écrit pour lui un poème. Elle y parle de noces au-delà de la vie, d'embrassements de bienheureux au large des vallées de larmes, de repos infini, enfin, près de l'ami.

Ensemble dans ces beaux suaires
On serait bien, là, pour dormir.

Ferré lui répond poliment. Peut-être est-il embarrassé, peut-être est-il vraiment de ces sortes de gens qui ne se dégèlent jamais, pris qu'ils sont dans le froid sévère des idées. Que sait-on du tréfonds des êtres ? La mort, apparemment, l'effraie moins que l'amour, et pourtant sa distance même a quelque chose d'émouvant. « Chère citoyenne, merci pour votre charmant souvenir (c'est de l'œillet rouge qu'il parle) et pour votre poème si triste et si touchant. » Fin du paragraphe. Deux lignes. Et le voilà qui s'en revient aux sombres affaires du monde. Tandis que Louise brûle, il parle politique. « Il y a conformité d'opinions entre nous. L'avenir appartient aux nôtres. » Elle aime follement un homme inaccessible. Mais peu lui importe. C'est bien. Seul l'attire, l'émeut, l'exalte ce qu'elle ne pourra jamais vivre, le plus haut qu'elle, le trop loin, la Révolution accomplie, le don absolu de son cœur, le Ciel descendu sur la terre.

« Du rêve ou de la vie, quel est le plus réel ? » Dans une longue lettre à peine déchiffrable griffonnée sous une bougie, elle lui confie cette question. La réponse, quoique incongrue pour une institutrice athée passionnée de progrès social, semble pour elle aller de soi. Le rêve, les élans du cœur, le mystère d'être, la foi sont plus féconds, plus désirables, plus exaltants que la raison et son désir de pieds sur terre. Elle parle à Ferré « d'âme à âme » comme elle faisait avec Hugo, au temps de son adolescence. Même ferveur, même confiance, même nudité douloureuse et pourtant tout entière offerte, comme si l'autre était le dieu auquel on ne doit rien cacher. Elle lui raconte cette nuit au cimetière de Montmartre où un obus trouant un bel arbre de mai a fait pleuvoir des fleurs sur elle et sur la tombe d'une amie du temps de la rue Hautefeuille. « Je ne sais pas comment cela s'est fait, mais la vie et l'éternité se sont alors mêlées en moi. Cette sœur morte était soudain à mon côté, là, toute proche et nous échangions nos pensées, et comme elle je me sentais invulnérable, inaccessible aux tirs des canons ennemis. Le danger me semblait d'un étrange autre monde. Oh, veiller ainsi, c'était beau ! » À qui parle-t-elle vraiment ? À l'homme qui la remercie pour ce « souvenir si charmant » quand elle lui offre son sang, ou à ce double d'elle-même dont elle rêve et qu'elle voit en lui ? « Il y a une vie supérieure et une justice suprême, lui dit-elle, et j'espère fort qu'elle vous gardera de la mort, vous dont le cœur est aussi grand que la cause que nous servons. » Elle recommande à Dieu sa vie.

Quoi qu'elle en dise, à cet instant, rien n'est plus important que lui. Elle tremble pour lui, elle s'inquiète de son inconfort, de ses peines, des maux qu'il lui faut affronter, comme ferait une compagne séparée de son bien-aimé. « Pourquoi ne me dites-vous rien de ce que l'on vous fait subir ? Je vois peut-être vos misères plus sinistres qu'elles ne le sont. Ne suis-je pas assez votre sœur, dites-moi, pour tout me confier de vous, comme je vous confie mon âme ? » Après cette phrase, ces mots : « Je ne relirai pas ma lettre. Ne l'enverrai sans doute pas. »

Elle en a trop dit. Elle le sait, et sans doute s'en émeut-elle. Elle n'a pas pu dissimuler. Même lui, ce martyr stoïque, va flairer qu'elle parle d'amour, qu'elle n'est pas seulement sa « chère citoyenne », qu'elle est une femme, qu'elle aime et qu'il faut qu'il le sache enfin. Se sent-elle honteuse ? Peut-être, elle est d'une pudeur de nonne, mais elle doit être soulagée de s'être laissé deviner.

Le fait est qu'elle ne relit pas, ne renie rien de ses aveux et ne rature pas un mot. Elle change simplement, en hâte, de sujet. Elle se réfugie un instant dans leur seule maison commune, obstinément bâtie d'idées, familière à l'un comme à l'autre : la Révolution à venir. Elle disserte sur les prisons qu'on pourrait aisément transformer en écoles d'où l'on sortirait à coup sûr plus civilisé qu'aujourd'hui. « Il y a ici des sœurs qui ont compris cela. » Son rêve revient aussitôt, envahissant, irrésistible. « D'ailleurs je les ai invitées à nous accompagner bientôt en Nouvelle-Calédonie. » Elle ne peut pas se retenir d'espérer une fin heureuse à leur traversée du malheur.

Et la voilà qui songe et s'enivre tout doux, au conditionnel des enfants. Il serait gracié, ils partiraient tous deux, déportés mais qu'importe, un matin d'hiver rugissant, dans les embruns de la tempête. « Quel beau voyage ce serait ! Je vois notre départ, les yeux fermés, le soir, la grand-voile gonflée de vent, le balancement du navire, l'oubli des traîtres et des couards. Mais pour que cela soit, il faut que vous viviez, sinon j'aurais le droit de m'endormir aussi du sommeil tranquille des morts. Qui sait les transfigurations, les beautés inimaginables qui nous accueilleraient tous deux, dans l'au-delà ! Je vous ai trop dit, je me tais. Je préfère écouter mon âme qui ne me parle que de vous et qui me répète sans cesse qu'il ne faut pas que vous mouriez. Au revoir. Merci à l'ami qui m'aide tant à vivre ici. »

Cet ami, c'est l'abbé Folley, le discret aumônier des prisons de Versailles. C'est par lui que passent les lettres que la censure ne voit pas. Il l'informe, il la réconforte, il lui dit les bruits du dehors, il la repose aussi des autres prisonnières dont les bavardages l'ennuient. Elle écrit souvent à sa mère, qu'elle rassure autant qu'elle le peut. Elle embellit l'insupportable. Elle lui raconte des mensonges cousus de fil blanc, par amour. Elle va bien, ses geôliers sont bons, il y a des fleurs sous sa fenêtre. Marianne fait semblant de croire à ses sottises. Elles sont au moins le signe que sa fille est en vie.

Vivante, en vérité, Louise l'est plus que jamais. Une furibonde obsession la garde sans cesse en alerte : arracher Ferré à la mort. Elle appelle Hugo à son aide, proteste auprès de Clemenceau, tente de réveiller la conscience endormie du capitaine rapporteur au quatrième conseil de guerre. Elle inonde surtout la commission des grâces de plaidoiries déraisonnables. Ferré, dit-elle, est innocent de ces crimes dont on l'accuse. J'ai voulu assassiner Thiers, il m'a forcée à n'en rien faire. J'ai réclamé que par vengeance, quand notre cause fut perdue, les otages pris parmi vous soient fusillés sans jugement. Il m'a dit que de telles choses étaient des crimes inhumains et qu'il exigeait, lui vivant, qu'on ne s'en rende pas coupable. Elle revendique à toute force les plus improbables méfaits. Que Ferré soit lavé de tout, qu'on la tue, elle, mais pas lui, voilà ce qu'elle veut, qu'elle exige. On ne répond pas à ses lettres. L'abbé Folley, dernier recours. « Dites-leur, je vous en supplie, que cet homme-là qu'ils condamnent a toujours jugé impossibles, déshonorants, impardonnables les meurtres dont on l'a chargé, et qu'il n'a jamais pu commettre. »

Un matin de septembre, on l'appelle au greffe. Elle croit à des formalités en vue d'un prochain jugement, mais non, un officier l'informe qu'elle part pour la prison d'Arras. Sanction inattendue. Le fait est qu'elle agace. Et puis elle est trop près (quelques murs les séparent) du condamné à mort. On la punit donc. On l'éloigne. Sa mère, justement, doit venir ce jour-là lui porter quelques provisions. Il fait grand froid, il a neigé. Louise voudrait qu'on la prévienne mais évidemment on oublie. Marianne est son autre obsession. Que rien, surtout, ne lui arrive, qu'elle reste à l'abri de tout mal. Louise ne verra pas sa mère. Elle l'imaginera perdue avec son sac de bonnes choses. Cela pourrait être anodin. Pour elle, c'est le coup de grâce. Tout espoir en elle s'éteint.

Arras. Plus guère de nouvelles. Dans la nuit du vingt-sept novembre on vient la chercher au cachot, on l'escorte jusqu'à la gare. Il a neigé, il fait si froid que les gardes même grelottent dans leur pesant habit d'hiver. Elle attend longtemps sur le quai. Des voyageurs la reconnaissent. Ils lui tournent autour, l'injurient. Certains tendent la main vers elle pour toucher ses cheveux, son bras. Elle gronde comme un animal, fait mine de griffer, de mordre. Ils reculent, tout effarés.

– Il paraît, dit l'un d'eux, qu'on fusille Ferré, tout à l'heure, avec deux complices, dans les fossés de Satory. C'est écrit là, dans le journal.

Louise entend, se raidit, se glace. Le monde, tout à coup, n'est plus qu'une rumeur, qu'une brume autour de son corps qu'elle ne sent même plus vivant.

C'est à elle, cette nuit-là, qu'il écrit sa dernière lettre, une heure avant l'exécution. «Je vais bientôt quitter les êtres qui m'ont été chers ici-bas, et je me sentirais ingrat si je ne vous disais l'estime que m'inspire votre bon cœur. Adieu, ma chère citoyenne. Votre tout dévoué Théophile Ferré, à l'ultime instant de sa vie, vous serre fraternellement la main. » Ce n'est pas à sa sœur, à ses frères, à son père qu'il dit ses derniers mots vivants, c'est à cette folle compagne qui rêvait de noces de sang.

On la raccompagne à Versailles. À peine descendue du train elle s'arrête parmi les gens qui vont et viennent sur le quai. Marie, la sœur de Théophile, est là, à quelques pas, les yeux grands, immobile, livide sous son chapeau noir. Elles courent l'une à l'autre, s'étreignent, balbutient. Les gardes se tiennent à distance, par pitié du chagrin qu'ils voient. Ils seront, dit Louise, blâmés pour les avoir laissées ensemble, un moment, dans un coin de mur. Marie est venue de Paris réclamer le corps de son frère. Son père est en prison, sa mère est morte folle. Elle tente un sourire vaillant.

– Va, ne t'inquiète pas pour moi.

Elles se disent des choses simples, urgentes, à peine articulées. Leurs mains se serrent, se défont. On emmène la prisonnière. Elle écrit, au soir de ce jour : « Personne en vérité ne sait quel courage il me faut pour vivre. »

Le quotidien *La Liberté* rapporte dès le lendemain l'exécution des condamnés. Ils sont trois, droits et fermes : Ferré, Rossel, Bourgeois. Rossel est assisté d'un pasteur protestant, Bourgeois d'un aumônier. Ferré, lui, se veut seul. On cherche à lui bander les yeux. Il refuse d'un geste sec. Il jette son chapeau à quelques pas de lui et attend, un bras appuyé sur le sommet de son poteau. Le peloton fait feu. Rossel et Bourgeois tombent. Ferré reste un instant debout et s'effondre sur le côté. Marie l'enterrera à Levallois-Perret, près de la tombe de sa mère où fut posée, selon son vœu, une couronne d'immortelles.

Le deux décembre, Louise écrit au général Félix Appert, chef des tribunaux militaires. Elle exige qu'on la fusille et menace : « Sachez-le bien. Si je sors vivante d'ici je vengerai, quoi qu'il m'en coûte, l'assassinat des trois martyrs. » Le onze décembre au matin elle comparaît devant ses juges. Elle est en deuil de pied en cap.

18.

Deux gardes l'escortent. Elle s'avance. Haute taille, démarche ferme, visage voilé, robe noire. Silence dans la salle comble. On n'entend que les bruissements des gendarmes et de l'accusée qui prennent place face aux juges. La parole est donnée au greffier. Il toussote. Lecture du rapport de mise en jugement. Dès les premiers mots prononcés elle ôte son voile de deuil, le laisse aller sur ses épaules. Son maintien est certes modeste mais ni humble ni résigné. On la sent forte et résolue à braver toutes les tempêtes. Elle écoute, droite, impassible, quoique certaines phrases dites allument un rien d'amusement, de temps en temps, sur son visage. Ce qu'elle a de plus remarquable, dit le journaliste du *Droit* qui rend compte de la séance, c'est l'acuité de son regard. Elle observe les magistrats avec cette attention précise et fascinante qui déconcerte, d'ordinaire, ceux que l'on dévisage ainsi. Maître Haussmann, avocat, l'assiste. Il a été commis d'office. Elle a refusé ses services.

L'accusateur public rapporte comme suit ses actes, ses idées et accessoirement l'histoire de sa vie. Institutrice obscure et presque sans élèves (elle en avait cent dix, encore, au mois de mars), elle est parmi les assassins des infortunés généraux Lecomte et Clément-Thomas mis à mort, le dix-huit mars, rue des Rosiers. Selon des témoignages honnêtes et concordants, elle crache sur les deux cadavres et déclare que « c'est bien fait ». Après quoi, repue et radieuse de cette « excellente journée », elle court à Clignancourt, La Villette et Montmartre exciter au combat ses amis fédérés. Au cours des semaines qui suivent, en émeutière chevronnée elle installe dans les quartiers les plus malfamés de Paris des comités de vigilance. Elle les charge (ils sont sous ses ordres) de recruter dans le bas peuple ambulanciers, barricadiers, saboteurs et incendiaires. Présidente du club de la Révolution, elle proclame le dix-huit mai la suppression des magistrats, l'anéantissement des codes et leur remplacement par une commission de justice nouvelle. L'abolition des cultes, l'arrestation des prêtres, la vente de leurs biens et autres fantaisies sont aussi proposées au vote avant de clore le débat.

L'accusateur essuie ses lorgnons, les rajuste, et remuant ses paperasses :

– Bref, à quoi bon en dire plus ? L'énoncé de ses actes et délits insensés pourrait devenir monotone si nous le voulions exhaustif. Mieux vaut, sans plus tarder, se poser la question. Quel mobile secret a donc précipité cette enseignante dévoyée qui méprisait les paysans dans l'abîme fatal de la révolution ? La réponse en est simple. L'orgueil, évidemment. Fille illégitime élevée, par charité, à la campagne, plutôt que de remercier ses secourables bienfaiteurs et la divine Providence, elle se laisse aller à ses songes, à ses désirs inassouvis, à son caractère irascible, et oubliant enfin sa mère et ses élèves dans leur misérable hameau, par goût fumeux de l'aventure elle part s'établir à Paris. Le vent de la révolte en ce temps-là se lève. Le journaliste Victor Noir vient de mourir assassiné. En énergumène qu'elle est, elle saisit l'occasion offerte par ce malheureux fait divers pour exister aux yeux de tous et pour se gonfler d'importance. Car elle ne peut se contenter d'un rôle de simple comparse. Elle veut que l'on dise son nom, qu'on l'applaudisse, qu'on l'acclame. La voilà donc vociférant d'assemblées en lieux interlopes, abreuvant sans repos la vile populace de tromperies et vains espoirs jusqu'à sombrer, de gouffre en gouffre, sans jamais se rassasier, dans ce combat impie qu'elle a osé livrer parmi les tombes profanées du cimetière de Montmartre. Intimement liée au dénommé Ferré et autres gens de la Commune, elle les a aidés, assistés, et parfois même dépassés dans leurs volontés assassines. Elle a excité les passions les plus basses de l'âme humaine, prêché la guerre sans merci, et en louve avide de sang, par ses machinations perverses elle a précipité la mort de plusieurs dizaines d'otages. Telle fut et telle est cette fille Michel qu'il nous faut maintenant juger.

Suit, en sept points, le résumé de ses délits et de ses crimes. Le président du tribunal s'adresse maintenant à l'accusée Michel :

– Vous avez entendu les faits qui vous sont ici reprochés. Vous avez le droit de parler si vous désirez vous défendre.

Elle répond, tranquille, glaciale (sa voix est fatiguée mais elle emplit la salle) :

– Me défendre ? N'y comptez pas. J'appartiens tout entière à la Révolution, et j'assume sans restriction tout ce que j'ai fait en son nom. Vous me reprochez cependant d'avoir activement pris part au meurtre de vos généraux, les nommés Lecomte et Clément-Thomas. La vérité m'oblige à dire qu'il a été commis sans moi. Je n'étais pas rue des Rosiers, j'étais chez ma mère, à Montmartre. J'ai clairement désapprouvé le sort qu'ils ont eu à subir. Les communards, sachez-le bien, étaient d'honnêtes citoyens. L'assassinat ne fut jamais, au grand jamais, de leurs pratiques.

– Vous avez dit pourtant, si j'en crois ce libelle que vous avez signé : « Versailles doit savoir que l'on fusillera un otage par jour. »

– C'était une menace. Nous voulions vous forcer à échanger leur vie contre la liberté de Blanqui, notre ami, qui croupissait dans vos prisons. Notre proposition était de bon commerce. C'est vous qui l'avez repoussée. Mais à quoi bon argumenter ? Il me semble vous l'avoir dit, je refuse de me défendre. Ne faites pas semblant de me juger, messieurs, votre sentence est déjà prête, elle est lisible dans vos yeux. Un dernier mot, pourtant, avant de me rasseoir. Nous n'avons jamais désiré que le bonheur, la dignité, l'épanouissement du peuple, je le jure par nos martyrs tombés au champ de Satory. Ce fut notre combat, et malgré la défaite, nous gardons notre foi et nos espoirs intacts. L'avenir nous rendra justice. Vous pouvez maintenant, s'il vous plaît de la prendre, disposer de ma vie. Quoi qu'elle vaille, sachez que je ne suis pas femme à vouloir vous la disputer.

– Vous avez publié, semble-t-il, des articles dans le journal *Le Cri du peuple* dont le principal rédacteur, le dénommé Jules Vallès, réclamait la confiscation des biens de notre sainte Église. Partagiez-vous ses opinions ?

– Assurément. Mais remarquez que notre intention n'était pas de profiter entre coquins d'un trésor indûment acquis. La fortune des soi-disant serviteurs de Jésus le Pauvre devait contribuer, selon les lois nouvelles, à nourrir décemment ceux qui meurent de faim.

– On nous a rapporté que sur les barricades vous étiez vêtue en soldat.

– Cela m'est arrivé. L'habit était commode et je ne voulais pas attirer les regards.

Fin d'interrogatoire. Défilé des témoins. Louise

sourit parfois aux récits ânonnés par ces passants intimidés, quoique plus ou moins pittoresques, mais elle ne les conteste pas. Ils durent peu de temps et ne révèlent rien qu'on ne sache déjà. La parole est donnée à l'officier Dailly, avocat général. La fille Michel, plaide-t-il, est une ennemie maladive des lois, principes et fonctions de la France républicaine. Elle doit être par conséquent retranchée de la société.

Il ne veut retenir contre elle que l'accusation de port d'armes et d'actions insurrectionnelles contre l'armée de la nation. Cela suffit, à son avis, pour justifier un verdict aussi rigoureux qu'exemplaire. Maître Haussmann, invité, enfin, à s'exprimer, déclare qu'il n'a rien à dire, puisque sa cliente imposée a refusé d'être assistée. Il s'en rapporte simplement à la sagesse du conseil.

– Accusée, dit le président, voulez-vous prendre la parole ?

Louise se lève et à nouveau le temps n'ose plus s'écouler. La salle attend et la regarde, comme si cette femme au long corps enfermé dans son habit de deuil venait d'au-delà de la vie réclamer justice à ce monde. Son visage livide est plus haut que jamais. Elle parle enfin. Chacun l'écoute.

– Ce que je réclame, dit-elle, c'est le fossé de Satory où sont déjà tombés nos frères. Il faut me retrancher de votre société. L'avocat général l'a dit. Il a raison. Puisqu'il semble, décidément, qu'un cœur épris de liberté n'a droit qu'au plomb de vos fusils, eh bien j'en réclame ma part. Allons, ne me laissez pas vivre, vous pourriez vous en repentir, car je ne cesserai jamais de crier contre vous vengeance.

Les juges protestent, remuent, exigent qu'on la fasse taire. Louise, soudain, semble épuisée. Elle lève la main, et d'un souffle :

– J'ai fini, messieurs, j'ai fini.

Plus un mot, ni dans l'assistance ni parmi les gens du conseil. Remuements de fin de séance. Les juges se retirent. Ils vont délibérer. Louise sort entre ses gendarmes. Récréation, conciliabules. On murmure comme à l'église. Les journalistes, le dos rond, prennent des notes frénétiques. Le conseil revient, reprend place. L'accusée leur est ramenée. Lecture du verdict. À l'unanimité Louise Michel est condamnée à la déportation à vie en Nouvelle-Calédonie. Elle toise ses juges. Elle leur crie :

– Pourquoi ne me tuez-vous pas ?

On la reconduit en prison.

Tous les journaux, le lendemain, rendent compte de son procès. Beaucoup parlent de sa folie, de sa témérité barbare, de son insolence indomptable, de la stupéfaction muette que ses paroles ont soulevée. Victor Hugo, bouleversé, lui dédie un poème aux accents d'épopée, *Viro major*. Grand homme. Lui seul pouvait oser l'enrôler de la sorte parmi ces êtres hors du commun qui inspirent les chants du cœur.

Ayant vu le massacre immense, le combat,
Le peuple sur sa croix, Paris sur son grabat,
La pitié formidable était dans tes paroles.
Tu faisais ce que font les grandes âmes folles,
Et lasse de lutter, de rêver, de souffrir,
Tu disais : « J'ai tué ! » car tu voulais mourir.
Tu mentais contre toi, terrible et surhumaine.
Judith la sombre Juive, Ariya la Romaine
Eussent battu des mains pendant que tu parlais.
Tu disais aux greniers : « J'ai brûlé les palais ! »
Tu glorifiais ceux qu'on écrase et qu'on foule.
Tu criais : « J'ai tué, qu'on me tue ! » Et la foule
Écoutait cette femme altière s'accuser...

Tout est dit dans ces premiers vers. Désormais, pour les communards, Louise Michel est plus que Louise. Elle est la porteuse d'espoir, la Vierge rouge aux mille enfants, la gardienne du feu des révoltes prochaines. Il paraît que tous les combats ont besoin de héros épiques. La voici promue parmi eux. Elle l'ignore, probablement, et si elle le sait, elle s'en moque. Car elle voulait vraiment mourir. Elle ne l'a pas crié à la face des juges par fierté révolutionnaire mais par désespoir infini. Elle était, elle demeure amoureuse d'un mort. Elle voulait rejoindre Ferré dans sa tombe de Levallois que Marie, son amie, sa sœur, avait parsemée d'immortelles. Son vêtement de deuil était de fiançailles avant les noces espérées.

Tous les deux dans ce beau suaire
On serait bien, là, pour dormir.

On lui a refusé ce lit. Il va falloir qu'elle vive encore, et elle n'en a plus guère envie.

19.

Auberive, maison d'arrêt, ancienne abbaye médiévale. Les prisonnières, en longue file, franchissent le seuil du portail. L'hiver est méchant, cette année. On grelotte si fort qu'on ne peut ni parler ni rien voir que buée de bouche et nuques courbées devant soi. Les gardes à cheval s'impatientent, ils lancent des ordres violents. Ils ont froid eux aussi, ils espèrent une soupe, un grand poêle flambant. Les sabots des femmes, des bêtes cognent sec sur le sol gelé. Enfin l'abri des murs. Une porte à guichet. Une vaste salle sonore. Le fracas des verrous derrière elles résonne jusque dans les corps épuisés. Coups d'œil circulaires. Elles découvrent. Face à l'entrée un soupirail d'où l'on ne voit que bas de bottes, chiens passants, moitiés de chariots. Au milieu du long mur de gauche est une fenêtre sans vitre armée de cinq barreaux rouillés par où viennent comme chez eux le vent, les heures du clocher, les bruits quotidiens du village.

Elles sont huit avec Louise arrivées de Versailles. Leurs compagnes, une quarantaine, viennent des prisons de Paris. Toutes sont condamnées à la déportation. Ce lieu est leur dernier séjour avant la haute mer et les terres d'exil.

Pour le moment, elles se retrouvent. Elles se sont connues autrefois, quelques-unes furent amies dans une autre vie, si lointaine. Le printemps rouge, il y a six mois, guère plus. Une éternité. Elles tentent de se réchauffer, elles parlent des morts, des vivants, se donnent de vieilles nouvelles. Aucune ne se plaint de ce qu'elles ont vécu. Elles en sourient comme des pauvres qui n'ont plus rien que leur fierté. Beaucoup ont été dénoncées pour avoir soigné des blessés derrière quelques barricades. Certaines n'ont presque rien fait, elles ont aidé des gens en peine qui par malchance n'étaient pas des soldats de la bonne armée.

L'une d'entre elles, la plus vieille, cheveux argentés, chignon bas, allure de riche bourgeoise, un rien de malice dans l'œil, semble ne connaître personne. Elle paraît si peu communarde que l'on risque quelques questions plus amicales qu'indiscrètes. Elle répond volontiers que place Saint-Sulpice, son cher quartier depuis toujours, il y avait aux grands jours de mai une barricade si basse qu'elle ne servait à presque rien. Les hommes qui la défendaient tombaient sous le feu versaillais comme pantins au tir forain. Voyant cela, de sa fenêtre, elle s'en était si fort émue qu'elle n'avait pas pu s'empêcher de descendre parmi ces gens, bien qu'elle ne fût pas de leur bord, et de leur conseiller (ils n'y avaient pas pensé) de hausser le tas de pavés. Elle connaissait, rue des Canettes, une boutique de Jésus et de saints sculptés dans le marbre, de haute taille et d'air benoît. Elle avait trouvé judicieux de les dresser en sentinelles face à la mitraille ennemie. Après quoi, sans plus de souci, elle était retournée chez elle. On l'avait arrêtée, à quelques jours de là, gantée de blanc, vêtue de bleu, prête à sortir faire des courses. Ses juges s'étaient indignés de son effrayante impiété. Elle avait répondu aux lorgnons ébahis :

– Qu'ai-je fait de si surprenant ? Ces statues-là étaient en pierre, ceux qui mouraient étaient de chair.

Louise parle de cette femme, longtemps après ces mauvais jours, comme d'une amie éphémère, étrangement inoubliée.

Elle traverse en ces temps d'hiver les ténèbres les plus profondes qu'elle ait jamais dû affronter. Car cet hiver à Auberive où son cœur n'est plus rien qu'une maison hantée, elle parvient à peine à survivre. Elle est comme une enfant perdue dans une nuit sans horizon. Plus le moindre chemin, plus la moindre lueur. Quelqu'un, pourtant, à qui parler, au moins par lettres griffonnées sous le jour gris de la fenêtre : son ami l'aumônier des prisons de Versailles, l'abbé Folley, qui s'est fait prêtre, paraît-il, par chagrin d'amour. « Avez-vous écrit à maman ? » Elle ne lui dit pas « à ma mère » comme au temps des combats vivants. Maman. Le mot le plus intime, le plus abandonné, le plus désemparé aussi quand il monte du fond des peines comme la dernière lumière avant la fin du dernier jour. Elle ne peut plus faire semblant d'être une grande femme forte. Celle qu'a célébrée Hugo, la surhumaine, la majeure, la madone des pauvres gens, lui est, en ces temps invivables, aussi lointaine que peut l'être une princesse au grand soleil d'une va-nu-pieds en hiver. Elle s'avoue défaite de tout, même de ces folles douleurs qui enragent l'envie de vivre. « Non, je ne souffre plus de rien, je suis dans la mort tout entière, et cela vaut bien mieux pour moi. Vous savez, vous, à qui je voulais dire adieu (prononcer le nom de Ferré lui est proprement impossible). Je ne vous demande donc rien. Mais écrivez-moi, je vous prie, si vous avez pu voir Maman. » La majuscule est de sa main. Elle ne croit plus à Dieu ni Diable. Seul lui reste, dans sa détresse, l'Être suprême de l'enfant.

Les jours s'écoulent. Peu à peu elle se souvient qu'elle est vivante, que le monde existe au-dehors, qu'elle ne peut rester sourde aux appels au secours qui de temps en temps lui parviennent. Elle demande à l'abbé Folley de faire son possible en faveur de quelques compagnes qui ont demandé en haut lieu que leur soit évité le bagne de Guyane. « Je m'estimerais bien indigne du sacrifice de nos morts si je cessais d'être attentive aux soucis et bonheurs des gens. J'ai vraiment besoin de penser que m'est demandé le courage d'être utile autant que je peux. » On sent se réveiller la sève dans les ténèbres de son corps. Sa mère lui envoie des mots de paysanne qui la font sourire sans doute, et doivent raviver son sang. « Pourquoi ne vas-tu pas, le dimanche, à la messe ? Ta tante et moi nous t'avons mise sous la protection de la Vierge et du Bienheureux saint Joseph. Affranchis, s'il te plaît, tes lettres. Les deux francs joints dans l'enveloppe sont pour cela. Ne l'oublie pas. À quarante centimes l'une, elles me reviennent ici trop cher. Et dis bien des choses pour moi à tes compagnes de prison qui prennent soin de tes affaires, car tu dois être encore aussi désordonnée qu'autrefois tu l'étais chez nous. »

Peut-être pense-t-elle à sa vieille Marianne quand une semaine avant Pâques elle demande à l'abbé Folley de donner de sa part aux sœurs de charité des Chantiers de Versailles un rameau de buis d'Auberive cueilli « par une mécréante en souvenir de leurs bontés ». « Car l'Évangile d'aujourd'hui est bien l'histoire des martyrs. Le Calvaire est proche, n'est-ce pas ? Mais celui qui meurt est heureux. Pour moi qui n'ai pas eu ce bonheur de mourir je ne demande rien que le calme et l'oubli. J'ai besoin de ne voir ni le jour, ni personne. La demi-liberté même me gênerait. La prison est ce qu'il me faut. »

C'est simplement dit, et c'est juste. Loin des comités, des émeutes, des courses partout, des canons, elle peut enfin se reposer. Elle s'étonne de découvrir, après ses années frénétiques, une solitude féconde, une tranquillité d'ermite, une liberté intérieure que ne distrait aucun devoir. Elle peut lire, écrire, penser, le jour, la nuit, quand vient l'envie. « Ces quelques heures sans souci achetées laborieusement pendant si longtemps, écrit-elle, je les ai trouvées en prison. » Derrière ces barreaux qui ne la gênent guère, elle se revoit enfin comme à Vroncourt, jadis, dans son grenier secret. Elle s'est toujours dite écrivain. Elle a longtemps vécu hors d'elle. La voilà revenue à ses chemins intimes, à ses poèmes, à ses idées, à ses bouillonnements d'esprit, à son écriture illisible. Écrire, c'est sa médecine, sa façon de tromper la mort, de reprendre goût à la vie. Elle couvre des tas de feuillets de vers nouveaux, de chants, d'ouvrages aujourd'hui presque tous perdus, *Le Livre des morts*, *La Conscience* et *La Femme à travers les âges* dont il reste quelques fragments.

Mais elle ne peut tenir longtemps dans sa tranquillité studieuse. Sa douleur parfois se ravive et la voici changée en louve hurlant son désespoir haineux. Elle écrit aux hommes d'État, ces démons, ces maîtres du monde qui ont ravagé tant de cœurs et saccagé tant d'espérances. C'est toujours au petit matin qu'elle leur expédie ses brûlots, et si les mots pouvaient tuer, de sa paillasse de prison elle régnerait sur un carnage.

Aux juges de Ferré, vingt-huit juillet, sept heures : « Messieurs, voici donc les vacances. Allez voir vos propriétés, les blés doivent être superbes, le sang humain les a fumés. N'oubliez pas qu'on se souvient. Allez, allez ! Les morts vont vite ! » Au président Adolphe Thiers, autrement surnommé par l'imposant Karl Marx le « nabot monstrueux » : « À bientôt, monsieur. La hyène est à l'aise dans une mare de sang frais. Mais s'il en vient un océan, elle se noie. Eh bien noyez-vous. » À la sinistre commission dite des « grâces improbables », qui n'a pas gracié les martyrs de novembre : « Si vous saviez, messieurs, à quel point je vous hais ! Si vous saviez combien vous me faites horreur ! Soyez certains que moi vivante je vengerai mes compagnons, et si je meurs mon sang criera plus haut encore contre vous. Car n'oubliez pas, assassins. Le cri du sang est plus puissant que les plus hautes voix humaines. » Aux mêmes, quelques jours plus tard : « Nous avons souffert mille morts mais la cause est enfin sauvée. Vous serez toujours, pour l'Histoire, la commission du coup de grâce, les domestiques du bourreau. Mais le bonheur un jour renaîtra dans ce monde et nous rirons de vous car vous êtes horribles, car vous êtes grotesques. »

Fureur étonnante, excessive, d'autant, elle doit bien le savoir, que ces sortes de hurlements ne parviennent jamais aux oreilles lointaines de ceux qu'on ne dérange pas pour un vague bruit de prison. Mais elle ne peut tenir sa rage. Pendant la Semaine sanglante elle a vu trop de corps ouverts, de charretées de morts couchés dans les ordures. Elle a souffert trop d'épouvantes, traversé trop de cauchemars. On ne peut retenir ses cris quand la douleur est trop féroce. Alors, contre l'insupportable, elle crie à perdre la raison. Et puis entre deux coups de sang elle redevient Louise vivante, curieuse de savoirs pratiques, de science, d'horizons nouveaux. Elle prépare son long voyage en Nouvelle-Calédonie comme une expédition en pays inconnu. Elle commande à sa mère un sac, une boussole, des livres de géographie.

Elle est ainsi, enthousiaste autant que follement haineuse, bête fauve parfois et parfois presque sainte, morte et pourtant plus que vivante. Son passé est un gouffre noir, son avenir un grand chemin qu'elle veut à toute force suivre.

Mardi vingt-quatre août, six heures du matin. On les a prévenues la veille que le grand jour était venu. La condamnée Louise Michel et dix-huit autres prisonnières sont dans la cour. L'aube est légère. Elles grimpent avec leur baluchon dans la voiture cellulaire. Des mains se tendent au soupirail. Adieux de celles qui demeurent. Routes, villages, cieux changeants. Le lendemain au soir elles sont à Rochefort où la *Virginie* est à l'ancre. Louise n'a jamais vu la mer. Elle s'emplit d'un chant prodigieux qui lui vient sur le vent du large.

20.

La *Virginie*. Vieille frégate. Elle a presque trop navigué. Certains la prétendent hors d'usage. Elle a déjà servi de navire-écurie. Le fait est que son simple nom, dans les estaminets du port, provoque branlements de chef et grimaces dubitatives. On l'estime pourtant de santé suffisante pour un transport de malfaisants. Déportés : cent soixante-neuf, dont une vingtaine de femmes. Sous le pont, quatre grandes cages. C'est là que logent les captifs. Celle où sont Louise et ses compagnes dispose de panneaux mobiles qui, « pour raisons de convenance », comme le dit le règlement, peuvent l'isoler des trois autres, le soir venu, jusqu'au matin. Des fenêtres carrées autrefois réservées aux gueules des canons aèrent largement les lieux, quand le temps n'exagère pas. Chacun dispose d'un hamac et d'une couverture grise. Le long des parois des cellules sont des bancs que l'on peut rabattre. Quelques prisonniers couchent là. Les femmes s'habillent à leur guise. Outre les vêtements qu'elles ont pu emporter, elles ont reçu un paquetage où sont une robe de toile, des jupons, un fichu et un bonnet de laine. « Corbeille de noce, dit Louise, de ce cher M. Mac Mahon, le nouveau président de notre République. »

Ordre immuable des journées. Cinq heures et demie du matin, branle-bas au son du clairon. On s'habille, on replie hamacs et couvertures. Deuxième sonnerie. C'est l'heure du café. Vrai réveil. On se réanime, on savoure ce moment-là d'autant qu'après, c'est la corvée. Serpillières, balais, lessivage à grande eau, même par grosse mer, du plancher des cellules. Vient ensuite la promenade. On peut enfin monter sur le pont, au grand air, humer le vent salé, confier aux oiseaux des messages secrets, s'ensoleiller le corps et l'âme, tutoyer enfin l'horizon. Onze heures et demie, déjeuner. Pain moisi. On s'en débarrasse. L'après-midi, retour aux cages. Les heures se font lourdes, lentes. On ne peut plus bouger sans se frotter aux autres, on se renfonce dans les coins et l'on s'occupe comme on peut. Certaines tricotent ou reprisent, d'autres lisent, près des fenêtres. Louise écrit sur un bord de banc. Elle n'a rien à raccommoder, elle n'a pas d'habits de rechange, elle a donné ceux qu'elle avait, qu'importe, il ne lui manque rien. Son encrier, son porte-plume et son cartable où se mélangent feuilles vierges et papiers noircis suffisent à sa tranquillité.

Elle écrit à sa mère et à Marie Ferré des récits de ses découvertes qu'elle espère leur envoyer de l'escale des Canaries. Pour ses compagnons déportés elle compose des chants sauvages qu'elle glisse au travers des grillages, bien que cela soit interdit, et qu'ils récitent et se repassent, le soir venu, en cercle étroit. Elle entretient surtout une correspondance incessante avec Rochefort, l'ex-rédacteur de *La Lanterne*, qui rumine son mal de mer au fond de la cage voisine. Des vers, toujours, de longs poèmes comme si, sur ce vieux bateau qui les amène en punition, elle ne voulait plus que chanter au rythme fracassant des vagues.

Enflez les voiles, ô tempêtes !
Plus haut, ô flots ! Plus fort, ô vents !
Que l'éclair brille sur nos têtes !
Navire, en avant, en avant !

Rochefort se pique à son jeu. Il lui répond, malgré les bouffées de nausées qui lui ravagent cœur et ventre, sur le même ton débridé, quoique plus mordant que lyrique.

Puisque le vaisseau de l'État
Vogue de crime en attentat
Dans une mer d'ignominie,
Puisque c'est lui, l'ordre moral,
Saluons l'océan Austral
Et restons sur la Virginie !

Apparemment, ces révoltés, ces rescapés de la mitraille, ces fous d'espoir écrabouillés par d'impitoyables vainqueurs n'ont que poésie à la bouche. Ils ne se plaignent pas, ils chantent. Même au fond de leurs désespoirs la beauté des mots leur importe, et s'ils se redonnent courage, c'est en musique, en rythme, en élans émouvants.

Car ces étranges militants sont nombreux à s'écrire ainsi au travers des grilles des cages. « J'ai conservé longtemps, dit Louise, des vers de bien des déportés, dont une jolie dédicace qu'un camarade protestant avait glissée dans une bible. J'ai jeté le livre à la mer, mais j'ai conservé le poème. » Le chant des hommes est un mystère. Il garde allumée la lumière au fond des gouffres les plus noirs. Sa force apparaît dérisoire face à la tyrannie des chagrins, des douleurs, et pourtant elle est invincible, comme l'est le désir de vie.

« La poésie seule, écrit Louise, sait braver le mal et la mort. Elle est semblable au vent qui use peu à peu la dureté du monde. » Pour l'heure, en vérité, face au vaste océan, ce ne sont ni ses frères morts, ni ses colères, ni sa mère, ni ses amours ensevelies qui l'occupent, c'est son voyage, ses parfums, ses couleurs nouvelles, ses surprises, ses découvertes, son enivrante liberté. Elle n'a jamais connu, depuis qu'elle est au monde, que Vroncourt et la Haute-Marne, Paris, les batailles d'idées, les barricades, les prisons, et la voilà voguant en mer, tous les horizons grands ouverts, en route vers le bout du monde. De cela elle rêvait déjà au temps où un certain préfet l'avait menacée de Cayenne comme d'un enfer impérial. Elle était jeune institutrice. Elle en avait rougi d'envie. « Cayenne ? J'irai volontiers, si vous me payez le voyage ! » Comme elle s'éloigne du rivage sous le vent peuplé d'oiseaux blancs, lui reviennent ce jour ces mots qui la font maintenant sourire, et un lointain poème écrit près de la cheminée, un hiver pluvieux, à Vroncourt, où elle imaginait « la nuit, sous les étoiles, des voiles gonflées, de hauts mâts » :

Mon grand-père me dit : « Nous ferons ce bateau
Avec du cœur de chêne, et je le vois très beau,
Car c'est une frégate. »

« Qu'on m'explique comme on voudra ce songe d'enfance, dit-elle. Moi, quand j'ai vu en vrai l'image de mon rêve, j'ai reconnu la *Virginie* ! »

Journal de bord. Impressions fortes. Les côtes de France s'effacent. La mer est grosse, le vent hurle. Partout des éclats de soleil. Elle voit deux torrents de diamants rouler sur les flancs du navire. Après deux jours un bateau noir sort de la brume, droit devant. On dirait un vaisseau fantôme. Pensée de fille aventureuse : « Peut-être vient-il nous sauver. » Elle ne le quitte pas des yeux. Il s'approche, l'air conquérant, puis à nouveau il s'amenuise. Deux jours il suit la *Virginie*. Il se perd enfin dans la nuit. « On ne l'a plus revu, dit-elle. Ses voiles ont disparu dans le brouillard du soir comme des lampes qui s'éteignent. »

Voici Palma. Les Canaries. Au loin le pic de Ténérife. Fausses montagnes ? Vrais nuages ? Étreintes du ciel et des rocs. Encore une poussée de rêve : « C'est là peut-être ce qui reste de l'Atlantide disparue. » Des hommes viennent dans des barques, d'énormes grappes de raisin débordent de leurs mains tendues. Leurs yeux rient, ils sont magnifiques. « Pardon à la science, dit-elle, mais je ne crois pas me tromper. Ces beaux êtres-là sont des Gouanches, descendants lointains des Atlantes. » Elle se plaît à tout embellir. De son voyage d'exilée elle se fait un festin d'enfance, d'antiquités imaginaires, d'albums d'images jamais vues.

On dirait qu'elle n'a pas de peau, que le dehors entre chez elle sans qu'elle puisse s'en protéger. Tout l'atteint, l'exalte, l'émeut, l'émerveille ou la fait souffrir, mais trop. Elle n'a pas de mesure. Son cœur est comme un vieux château ouvert aux vents, aux neiges, aux perdus, aux étoiles.

Bonne-Espérance. Fameux cap. Roulement des nuées, grisaille furibonde. La vieille frégate éreintée, de vagues hautes en fonds d'abîmes, plonge et remonte, craque, rogne, va sa route bringuebalante entre le Diable et le néant. Louise, face aux embruns à la proue du navire, s'emplit de cette mer ogresse qu'elle sent accordée à son cœur. Des albatros sortent des brumes, ils planent alentour du bateau, tendent le bec aux eaux mouvantes, jouent avec l'écume et le vent. Elle s'extasie, les bras ouverts, comme devant des rois célestes en visite dans la tempête où se débattent des humains. Elle s'indigne bientôt, elle proteste, elle enrage. Les matelots au bastingage leur lancent des fils à crochet, les piègent, les attirent à bord. Ils les suspendent par les pattes et les laissent mourir ainsi pour qu'aucune goutte de sang ne salisse ces belles plumes qu'ils vendront là-bas, au retour, dans quelque boutique tranquille où l'on ne sait rien de la mer. « Longtemps les malheureux oiseaux soulèvent la tête, dit Louise, longtemps dure leur agonie et jusqu'à la mort l'épouvante s'éternise dans leurs yeux noirs. » Elle écrit pour eux un poème d'amour malheureux, impuissant. Elle est encore, et pour toujours, la sauvageonne de Vroncourt insupportablement blessée par le mal que l'on fait aux bêtes, aux malheureux, aux réprouvés, aux êtres abandonnés de Dieu.

« Quatre mois où l'on ne voit rien, dit-elle, que le ciel, les vagues et parfois, au fond du soleil, la voile blanche d'un navire pareille à une aile d'oiseau. Nous avons le temps de penser à la Révolution perdue que nos enfants verront renaître. » Elle discute souvent, avec quelques compagnes aussi passionnées qu'elle, du pouvoir, de ceux qui l'exercent, de l'étrange fatalité qui semble leur gâter le cœur dès qu'ils règnent sur leurs semblables. Il leur apparaît évident que les élus de la Commune n'étaient pas de ces beaux messieurs qui regardent comme inférieurs les gens qu'ils ont à gouverner. Faire preuve d'autorité ne leur fut jamais naturel, sauf pour sacrifier leur vie. Ils étaient d'une honnêteté que les experts en politique ont toujours estimée d'un œil apitoyé. D'irrécupérables naïfs. Pour les patrons et les ministres, les fusillés de Satory furent de ces pauvres gens-là. Il est vrai que leurs rêves volaient beaucoup plus haut que des palais présidentiels.

Quels étaient-ils vraiment ? se demandent à mi-voix ces femmes dans leur cage. Inventer un monde fondé non pas sur la loi du plus fort mais sur le désir partagé de savoir, de créer, de vivre en bonne entente, de ne jamais cesser d'apprendre à tous les âges de la vie. Tout pouvoir, disent-elles, est farci de poison. Il rend égoïste, cruel. Nous ne voulons pas devenir pareils à ceux-là qui l'exercent. La servitude est dégradante. Nous désirons la remplacer par l'aide et le souci de ceux qui sont en peine. « Voilà pourquoi, décidément, je suis anarchiste », dit Louise. C'est sur le bateau de l'exil qu'elle joint son nom à ce mot-là. Elle n'a été, jusqu'à ce jour, qu'une révoltée décidée à combattre l'inacceptable. Elle a perdu. Elle vit encore. Elle a besoin d'un idéal pour éclairer son avenir. Elle suivra donc ce drapeau-là, car c'est derrière lui sans doute qu'elle se sent le mieux accordée à cet amour qui la consume, qui l'exalte, la garde en vie, et qu'elle tient de qui ? Elle ne sait, peut-être du regard d'une louve mourante qu'une petite sauvageonne n'avait pu sauver des chasseurs.

La Grande Terre, enfin. La baie de Nouméa. Sept collines sous un ciel bleu aussi intense que la mer.

21.

Huit décembre 1873. Il fait doux. Ciel simple. Silence du vent et de l'eau. Grincement des chaînes de l'ancre qui descend le long du bateau. On vient d'affaler la voilure. Tous les déportés, à la proue, contemplent le pays nouveau.

Nouméa. Un gros bourg tranquillement couché dans un creux de montagne verte. Maisons longues. De loin, on dirait des casernes. Rues tracées droit comme à la règle, baraques de bois sur la rive parmi de vieux rochers usés. À droite, une falaise blanche. Sur son épaule une fumée dérive et se perd dans le bleu. À gauche, d'autres monts arides, tourmentés. On s'emplit des parfums terriens que la brise légère apporte. Après si longtemps d'océan, on les hume les yeux fermés. Le pays a l'air renfrogné, mais Louise l'estime vivable. Elle se penche vers Rochefort qui se tient raide à son côté. Elle le lui dit. Il fait la moue.

– Regardez, lui dit-il. Voyez-vous des oiseaux ? Ils passent au large de ces îles. Je comprends mieux que les Anglais nous aient cédé ce bout du monde sans la moindre difficulté.

Il lui désigne une chaloupe où est un bonhomme courtaud vêtu de noir de pied en cap. Elle approche à grands coups de rames. Il bougonne, l'œil allumé :

– Voici donc l'obscur fonctionnaire chargé de prendre livraison de nos redoutables personnes.

La barque accoste la frégate. Le monsieur grimpe sur le pont, salue d'un coup de front Launay, le capitaine du navire, se tourne vers les prisonniers qui l'observent, bouche cousue, et feuilletant, l'air important, quelques pages de son registre :

– Les déportés mâles, dit-il. Cent quarante-neuf unités. Chiffre exact ? Fort bien. À Ducos.

Il leur désigne vaguement le rivage à l'ouest de la rade puis, fermant son grand cahier gris :

– Les femmes logeront sur l'île de Bourail, plus accueillante et confortable.

Il se tait. Cahier sous le bras. Son œil content semble guetter un murmure reconnaissant du côté des robes de toile. Mais non, silence froid. Louise lui vient devant. Nathalie Lemel l'accompagne.

– Gardez vos faveurs, lui dit-elle. Nous ne pouvons les accepter. Nous avons été condamnées aux mêmes peines que les hommes. Nous exigeons de partager la même vie, au même endroit.

L'autre en reste un instant la mâchoire pendante,

bafouille quelques postillons, puis, redressant sa courte taille :

– J'ai dit : les femelles à Bourail, braille-t-il. C'est moi qui décide !

– Nous n'obéirons pas, monsieur, ricane Nathalie Lemel. Si nous ne sommes pas aujourd'hui débarquées avec nos frères déportés, je vous préviens que Louise et moi, ce soir, à huit heures précises, nous nous jetterons à la mer.

Borborygmes scandalisés, sourcils froncés, rouge aux pommettes. Le bonhomme cherche Launay autour de sa tête perdue.

– Des menaces ? C'est insensé ! Que m'avez-vous amené là ? Ma parole, elles sont possédées ! Elles ont le Diable dans le ventre !

Rochefort est à quelques pas. Launay, d'un geste bref, l'appelle, penche son front et dit, inquiet :

– Elles en sont capables ?

– De quoi ?

– Hé, de faire ce qu'elles ont dit !

Le marquis rouge, l'air benoît :

– Bien sûr que oui. Je les connais. Elles ne craignent ni Dieu ni mort. À votre place, cher ami, j'éviterais ce double meurtre qui provoquerait à Paris de très dommageables émeutes.

Consternation, conciliabules. Conclusion sotte autant que sage :

– Finissons-en, j'ai du travail, dit le bonhomme en

renfermant son registre dans son cartable. Si elles veulent, à Ducos, ouvrir un lupanar, qu'elles le fassent. Moi, je m'en moque. Veiller sur la vertu de quelques déportées n'est pas dans mes attributions. Qu'on les débarque avec les hommes.

Ducos. Dès le rivage on rend aux prisonniers leurs sacs, leurs malles, leurs hamacs. Volupté de sentir enfin la terre ferme sous les pieds, l'espace immobile alentour, le ciel tranquille sur la tête. « C'est comme une ivresse, dit Louise. C'est elle, cette sensation, plus que le poids de nos fardeaux, qui nous fait parfois trébucher sur le chemin poudreux qui conduit aux cabanes. » Vingt minutes de mauvais sable, de roche effritée, de cailloux. Quelques buissons de fleurs inconnues, çà et là, magnifiquement blanches, pourpres. Des montagnes au loin, toutes vertes. Les déportés se les désignent. À peine ont-ils le temps de s'en emplir les yeux. Leurs pieds tout à coup méfiants s'engagent sur un chemin maigre entre un îlot rocheux où triment des forçats et le rivage de la baie. Les hommes, au loin, suspendent un instant leur labeur pour regarder ces gens qui viennent de la mer et qui passent à portée de voix, encombrés de leurs baluchons. Saluts échangés, la main haute. Encore des buissons de fleurs épanouies. Elles seules semblent se plaire sur cette terre fauve, nue. Au détour d'un amas de rocs l'espace soudain se déploie, la lumière se fait plus vive. Ils s'arrêtent. Numbo, le camp, leur bout du monde.

Ils n'en voient d'abord presque rien, surpris qu'ils sont par les vivats d'une troupe d'hommes en chemise qui courent au-devant d'eux, les chapeaux envolés, parmi des paillotes terreuses, des jardinets cernés de haies, des baraques mal fagotées. On lâche les sacs, les bras s'ouvrent. Hauts rires, étreintes, retrouvailles. Il y a là le vieux Malezieux dont Louise a vu le long manteau déchiqueté par la mitraille sans qu'aucune balle ennemie ose faire saigner sa peau ; Lacour, l'officier fédéré qui lui rappelle cette nuit où elle jouait de l'orgue au rythme des obus qui pleuvaient sur la barricade, quelque part au fond de Neuilly ; Cipriani ; Croiset le brave, qui a vu mourir Dombrowski affalé contre son épaule, et une foule d'autres arrivés avant eux, accoutumés déjà à ce pays perdu. Louise cherche parmi les visages contents celui de son ami Verdure, l'instituteur du comité de vigilance de Montmartre. Malezieux lui dit qu'il est mort.

– Mais de quoi, grands dieux ?

– De chagrin.

Il attendait des lettres. Elles ne sont pas venues. Sans nouvelles de sa famille, la vie ne lui disait plus rien. Elles lui sont arrivées, en paquet ficelé, trois jours après l'enterrement.

Louise soudain ne voit ni n'entend plus personne. Quatre longs mois, peut-être plus, avant que la voix de sa mère lui parvienne dans ce pays aussi lointain que l'autre monde. Jusqu'à ces derniers temps, quoi qu'elle fasse ou qu'elle dise, elle n'est jamais restée plus de quelques semaines sans son regard, ses gronderies, ses rudesses de paysanne. Elle venait la voir en prison. Louise apprenait sa vie par cœur, son mal aux jambes, ses soucis, ses disputes avec les voisines. Dernières nouvelles ? Au Brésil. L'île de Sainte-Catherine. Une escale couleur d'orange, il y a un mois, peut-être deux. Maintenant, elle ne saura plus. Verdure n'a pas pu survivre sans ces échos de l'essentiel : mon cher mari, nous allons bien, les enfants sont sages, ils grandissent, nous parlons de toi, il fait beau. Pauvre ami mort de soif dans le désert du cœur !

Louise reprend son sac, on l'entraîne parmi les baraques du camp.

Là-bas, au pied de la colline, sous le soleil qui s'alanguit, l'hôpital. Il a belle allure. Deux galeries longues l'habillent, l'une à l'étage, l'autre en bas où l'on voit des nonnes trotter. À côté, la maison des gardes et celle de l'aide-major. L'église est à l'écart, carrée, guère accueillante. L'aumônier loge dans ses murs. Devant ces solides bâtisses, les cabanes des déportés semblent avoir été dispersées par un coup de pied de géant jusqu'aux rochers du bord de mer. Des masures blanchies de chaux, du linge qui sèche dehors, quelques potagers, des paillotes, des cases de bois et de boue. Il y a même des tentes blanches en lisière de la vallée.

Les surveillants font s'aligner les gens encombrés de bagages, un brigadier leur vient devant, fait l'appel, désigne les lieux où l'on distribue chaque jour le pain et les rations de viande. Les femmes sont logées dans un baraquement au toit de planches et de cailloux planté au milieu du village. On laisse les hommes choisir parmi les huttes inhabitées. On les prévient des lois et coutumes du camp, obligations, charges, délits, droit d'aller et venir de l'aube au soir tombé, sauf au-delà de ces poteaux que l'on voit derrière les tentes et les cabanes au bord des rocs. On s'installe, on découvre, on se sent presque libre après les prisons et les cages.

Des jours, des nuits durant les nouveaux sont fêtés, instruits et mis en garde, assis en rond chez les anciens autour de bougies faméliques. Louise écoute, note, interroge, se montre curieuse de tout, de la flore, des animaux, et de ces mystérieux Canaques qui peuplent, paraît-il, les forêts alentour. Quelques-uns fréquentent le camp, ils servent d'hommes de ménage à l'hôpital, chez l'aumônier. Certains viennent parfois en barque. Ils amènent de Nouméa des ballots de vivres, d'habits. Leur sort n'intéresse personne, même pas les vieux communards qui font la moue quand Louise dit qu'elle aimerait les approcher, leur parler, savoir ce qu'ils pensent de ce monde, de l'au-delà. On s'étonne de sa lubie. Ont-ils un langage ? On en doute. Ils vivent nus. Des presque bêtes, des sauvages domestiqués. Non, dit-elle, des opprimés. Ils souffrent ce que nous souffrons. Ils sont nos semblables, nos frères. Les tyrans qui règnent sur eux sont ceux qui ont noyé dans le sang nos idées, nos compagnons, nos espérances.

Il en vient un chez Rochefort, un soir que l'homme de la

Lanterne offre un dîner à ses amis. Daoumi. C'est son nom. Visage épanoui que rien, apparemment, ne saurait chiffonner. Il parle un français appliqué, soucieux de belles tournures, il s'habille en Européen et ce jour-là, pour faire honneur aux très estimés Parisiens qui l'ont convié à leur table, il a coiffé un haut-de-forme, ganté de blanc ses grosses mains. « Un lion empêtré, dit Louise. Ses pattes emprisonnées ne peuvent pas aider à la confection du rôti. » Elle l'attire donc sous un arbre planté près du seuil du logis, et tout en nourrissant de feuilles la chèvre attachée au vieux tronc, elle le fait parler de sa vie, des coutumes de sa tribu, de ses croyances, de ses lois. Daoumi est d'abord surpris de son intérêt pour son peuple, puis il lui répond volontiers, rieur, confiant, volubile. Il lui chante, la mine altière, un vieux chant de guerre entendu, au temps où il était enfant, dans la forêt de ses ancêtres. Il le lui traduit. Elle le note. Il en est fier. Il chante encore.

– J'ai appris tout seul à écrire et à lire aussi, lui dit-il. J'ai été aimé d'une Blanche, mais ses parents n'ont pas voulu que nous vivions la même vie.

Louise sourit avec tendresse à cet homme aux yeux sans nuages, au torse d'hercule forain. Sous ce tuyau de poêle incongru, ridicule, elle l'imagine en comédien s'avançant du fond de la scène et jetant aux gens ces habits qui vont si mal à son grand corps, à sa noblesse naturelle. La voilà prise d'affection. Il est serveur et marmiton à la cantine des gardiens. Ils se promettent de se voir aussi souvent qu'ils le pourront. Elle lui dit :

– Apprends-moi la langue des Canaques, les légendes, les chants des gens de la forêt, et moi je t'apprendrai ce que je sais du monde, du savoir des Blancs, de leur vie, de mes vieux amis de Paris.

Son regard brille. Il est content. Une amitié naît ce jour-là. À la table de Rochefort, on en plaisante, on s'en étonne. Louise savoure. Elle ne dit rien.

Les premiers temps de son séjour elle explore, observe, herborise avec l'attention passionnée d'une intrépide journaliste en reportage au paradis des découvreurs de terres vierges. À écouter, dans ses *Mémoires*, sa voix précise s'aviver, de surprises en enchantements, dans ce fin fond de monde maussade où le malheur l'a envoyée, c'est Louise au pays des merveilles. Lianes à fleurs dorées ou blanches, haricots bleus arborescents, lits violets de pensées sauvages, bouquets de fruits couleur cassis, algues aux raisins mauves, bois rouges, lauriers-roses, oliviers tourmentés, géants (des oliviers ? Elle n'est pas sûre), gros vers noirs à cornes de renne, mouches-fleurs dans les niaoulis aux branches tremblantes, éplorées à la lueur des pleines lunes, chenilles d'herbe à bandes vertes, punaises semblables au rubis, à l'émeraude, à l'opaline, elle décrit tout, éberluée, en amoureuse de la vie, de ses inventions infinies et de son prodigieux génie des couleurs, des parfums, des formes. Qu'un fruit lui vienne sous la main, elle le goûte sans crainte aucune, les yeux mi-clos, le nez fringant, tous les sens en fête secrète. Figues à l'odeur de cendre sèche, prunes jaunes au gros noyau rond, pommes rêches de l'acajou, mûres poudrées de blanc comme de sucre fin, « je les aime surtout, dit-elle, dans la paix profonde des bois, quand le vent souffle de la mer et que je sens là, dans ma poche, les dernières lettres reçues de mes chéries, Marie, ma mère ».

Elle se plaît à ses découvertes, la beauté du monde l'émeut, mais son esprit pointu n'aime pas le repos. Il l'aiguillonne, il la réveille, il la ramène constamment à son obsession : être utile. Les araignées des bois qui tendent entre les troncs d'aériens ponts de toile, ne pourrait-on leur demander de nous fabriquer de la soie ? Et ces nuées de sauterelles croqueuses de tout, de cultures, de vieilles brousses, de feuillages ? Elles tourbillonnent dans l'air chaud comme des tempêtes de grêle, on s'empêtre, on se perd dans leurs grésillements. Ne pourrait-on creuser des fosses et les enterrer là-dedans ? Ainsi ferait-on de ces bêtes un engrais assez généreux pour ravigoter nos jardins. Divagations ? Folies ? Peut-être. Mais surtout désir d'inventer, de ne jamais se résigner aux pesanteurs de la paresse. « Il faut chercher. Cherchons, dit-elle. Souffrir n'est rien, savoir est tout. »

Elle est de toujours passionnée de science exacte, donc pratique. Optimisme de l'anarchiste : nous saurons tout, un jour, du monde, de la vie, et de ce savoir-là nous ferons du bonheur ; pour l'instant, dit-elle, avançons, étudions, expérimentons. On connaît en son temps les vertus du vaccin, même si le docteur Pasteur hésite encore à devenir le bienfaiteur des enragés. Les papayers calédoniens sont malades de la jaunisse. Elle prélève un peu de leur sève à quelques arbres mal en point et l'inocule à ceux, encore bien portants, qu'elle tient au chaud dans une serre née d'une hutte démolie, malgré le mauvais œil des gardes qui estiment (grave délit) qu'elle a ainsi mis hors d'usage une « bâtisse de l'État ». Le gouverneur vient en visite. Il s'arrête devant l'abri, demande ce que l'on cultive sous ces planches mal arrimées. Louise explique ce qu'elle a fait.

– Pour le moment, dit-elle, il faut prendre patience.

Elle espère (elle est presque sûre) que ses papayers survivront. Le gouverneur comprend, approuve et s'en retourne à Nouméa. Les quatre papayers témoins ont une jaunisse bénigne et guérissent en quelques journées. Il aurait fallu, note Louise, poursuivre les vaccinations.

Mais un événement soudain aux épineuses conséquences bouleverse la vie du camp. Il lui faut oublier ses arbres. Après moins de six mois d'exil, Rochefort vient de s'évader.

Appel des déportés, un samedi matin. Ils savent tous, évidemment, que cinq des leurs se sont fait la belle et naviguent, à l'heure qu'il est, sur un navire charbonnier parti de Nouméa la veille. Prochain port : Sydney, Australie. Ils peuvent rêver de Paris. À Numbo, ce jour-là, le beau temps est partout, au ciel, dans les regards, dans les mots échangés. Les chiourmes hurlent des noms, sur la place au milieu du camp, le nez plongé dans leur registre, l'œil à l'affût des hommes en rang.

– Bastien Grandthille ! Olivier Pain !

Quelqu'un répond :

– Ils vont venir, ils ont trouvé des bottes neuves, il faut du temps pour les chausser !

– Rochefort !

Railleries bouffonnes.

– Il n'est pas là ? C'est étonnant ! Aurait-il perdu sa lanterne ?

Inquiétude des uniformes. Des officiers viennent à cheval. Ils s'informent. Il manque cinq hommes. Braillements d'ordres, branle-bas. Fouille des huttes, de l'église et des abris du bord de mer. La communauté communarde, rigolarde, les mains aux poches, regarde courir en tous sens la meute de ses surveillants affairés comme chiens en chasse. Vers midi, même le soleil semble se rendre à l'évidence. Les cinq absents ont pris la mer. Une enquête est ouverte. Elle est vite close. Rochefort avait un ami déporté libre à Nouméa. L'homme a négocié l'embarquement nocturne avec le commandant d'un bateau australien. Prix finalement convenu dans un coin discret de taverne : dix mille francs pour Rochefort, cinq mille pour ses compagnons. Il suffisait aux évadés qu'une barque, passé minuit, les transbahute à Nouméa où les attendait le navire, quelque part dans l'ombre du port.

Dès que les faits sont établis, le climat, au camp, tourne à l'aigre. Sur les hauteurs autour des cases on poste des soldats armés. On tire sur les déportés surpris après le couvre-feu à prendre l'air sur le rivage. On rationne le pain, on supprime la viande, on redistribue les cabanes et l'on déménage six femmes (les pétroleuses impénitentes) dans un coin de la baie de l'Ouest.

Louise en est. Elle prend feu, s'indigne, se rebiffe, écrit au directeur de la déportation. « Notre éloignement de Numbo semble signifier, monsieur, que vous estimez scandaleuse notre présence quotidienne parmi nos frères déportés. Vous nous insultez gravement. Mais vous et vos pareils, je le sais de longtemps, n'avez guère d'esprit. Donc je ne m'en étonne pas. Cela dit, soyez assuré qu'il nous est égal d'occuper tel logement plutôt qu'un autre. Il nous importe cependant que ce baraquement nouveau imposé par votre caprice soit aménagé sans tarder en plusieurs cabanes vivables. Nous, femmes déportées, avons de par la loi le droit de vivre seules ou, s'il nous plaît, en compagnie, faute de quoi nous refusons de nous établir dans ces lieux que vous nous avez assignés. » Sa lettre est jugée insolente. Qu'importe. L'administrateur, craignant sans doute les désordres que pourrait provoquer l'humeur de l'intenable institutrice, s'engage à ordonner les travaux exigés. La grande baraque commune est séparée en trois parties. À droite, Nathalie Lemel, dont la santé n'est pas fringante, s'établit avec trois amies. Marie Schmidt, ancienne putain, se réserve la case gauche. Louise s'installe entre les deux. Quelques planches hâtivement jointes séparent les trois logements. Et voilà que la vie se gâte.

Louise, de fait, ne vit pas seule. Elle héberge ordinairement deux chèvres, des poules et des chats dans son insalubre bicoque. Sa ménagerie pue. Ses voisines s'en plaignent. Et puis elle se mêle de tout. Elle complique les choses simples, elle discutaille pour des riens, elle accable la maisonnée d'élucubrations indigestes. On l'entend, à côté, parler seule, la nuit. Son insistante charité finit même par agacer. Elle se brouille avec Nathalie, sa si vieille amie. Elle en souffre. « Elle ne veut plus, dit-elle, rien accepter de moi. » Les autres déportées ? Elle les traite de buses. Elle écrit à Bauër, compagnon communard : « Je suis de plus en plus sauvage. Je me renferme dans mon trou. » Elle a mal aux autres. Elle s'en veut. Elle craint que la folie la guette. Elle n'en dit rien, mais certains soirs il lui arrive de rêver qu'un cyclone tonitruant l'emporte au loin à tout jamais comme un brin d'herbe dérisoire, libre, inutile, heureuse enfin.

22.

Visite impromptue, un matin, d'un déporté de ses amis, Joannès Caton, beau jeune homme, curieux, prompt à se passionner, anarchiste comme son père. Il tient un journal quotidien. Il note tout de ses pensées, de la vie des gens à Numbo. Il écrit pour son seul plaisir. Ce qu'il consigne au jour le jour, il ne le fait lire à personne. Il trouve Louise à son jardin. Elle le regarde s'avancer, la main en auvent sur le front. Elle dit :

– Quelle heureuse surprise !

On ne vient plus guère la voir depuis l'exil des pétroleuses au fin fond de la baie de l'Ouest. Sa cabane est loin du village, et le chemin est malaisé. Tandis qu'il reprend souffle et donne vaguement des nouvelles du camp, Caton découvre les légumes et les verdures hétéroclites qui batifolent autour de lui. Il s'étonne. Rien ne va droit. Les sentiers sont tracés à tort et à travers, les petits pois se mêlent aux plants de haricots, la mauvaise herbe fait la fête chez les salades rabougries, quelques arbustes forestiers étonnés de se trouver là essaient pauvrement de survivre loin de leur humus coutumier. Louise semble, au milieu de ce désordre, comme une déesse agricole dans un potager révolté. Sans cesser de parler des lettres qu'elle reçoit, de politique, de ses bêtes, de ses travaux naturalistes, de ses découvertes espérées, elle va, elle vient, arrose un buisson d'épineux, se soucie de rhododendrons à la puanteur malfaisante, arrache là des centaurées pour les planter un peu plus loin sans qu'aucune raison pratique justifie leur migration. Elle abandonne enfin le jardin, s'époussette, invite le jeune Caton à franchir le seuil du logis.

Elle veut lui lire quelques vers qu'elle a écrits la nuit dernière. Tandis qu'elle remue ses papiers, il laisse errer son œil dans l'ombre de la turne. Cinq mètres sur trois, à peu près. Contre le mur de planches, à gauche, une couchette dont le drap chiffonné, renfrogné, crasseux, semble fâché à tout jamais avec le savon de lessive. Près d'elle, une chèvre affalée sur une litière de foin. Dans un coin, derrière la porte, une bêche et un arrosoir. Quatre poules, quelques poussins et cinq chats à l'air méprisant vivent nonchalamment leur vie parmi quelques objets informes. Au milieu, la table. Un fouillis ? C'est trop peu dire. Un tas, un amoncellement de feuillets froissés, dispersés, couverts de lignes raturées, de livres béants, tachés d'encre, marqués d'innombrables signets, de coquillages, de cailloux, de fruits mordus, de peaux d'orange, de bouts de pain, de bois, de riens.

Louise cherche. Où est ce poème ? Il devrait pourtant

être là. Elle s'énerve, elle ronchonne, elle fait tomber en vrac un dossier mal fermé. Elle découvre enfin son papier sous le ventre d'un de ses chats qu'elle hésitait à déranger. Elle lit. Sa voix traînarde s'applique à bien rythmer, à faire sonner chaque rime. Caton hoche la tête, il ne sait que dire, sauf que ses vers sont beaux. La voilà contente. Elle s'agite, lui montre des dessins à la plume, au crayon, un portrait d'homme noir, un début de sculpture, une partition de chanson composée au bord de la mer.

Femme inimaginable, écrit Caton, pantois. Révolutionnaire, poète, musicienne, peintre, sculpteur, étudiante perpétuelle, curieuse de langue canaque autant que de fleurs inconnues, elle veut tout incarner, tout expérimenter, tout dire, même l'indicible. Mais un tremblement d'âme à tout instant l'agite, l'emballe sans repos, l'exalte obstinément. Lui vient-il une idée ? Elle l'ébauche, elle la dit et l'oublie pour une autre. Certains la croient folle, mais non. Elle est patiente, elle est sensée, sa culture est ample et paisible. D'autres raillent son pas lourdaud de paysanne. Mais a-t-on jamais vu un cœur plus droit, plus ferme, plus accueillant, plus généreux ? Quelques petites gens affirment qu'elle fut l'amante de Ferré. Erreur de sots, conclut Caton. Ceux-là ne la connaissent pas. Captivée par la vie, fascinée par la mort, elle est peut-être folle, oui. Mais c'est de la haute folie des funambules entre deux cimes, parmi les oiseaux étonnés.

23.

Un cyclone. Enfin du nouveau. Le premier qui vient sur Ducos fait d'emblée pétiller son sang. Dès le matin le baromètre a dit qu'il n'allait pas tarder. Vers midi l'océan remue, le vent mugit, s'habille en ogre. Louise a une idée. Elle la goûte. Elle la trouve joyeuse, simple. Un jeu d'enfant. Son cœur s'emballe. Pas un instant à gaspiller. Elle enferme dans sa cabane ses poules, sa chèvre, ses chats, et prend le chemin de Numbo. La bourrasque, déjà, emporte les buissons, empoussière le ciel, les arbres. Louise de roc en roc titube, le dos courbe, s'accroche à l'un, bute sur l'autre, court après sa jupe gonflée comme une voile de bateau. Elle parvient aux premières cases. Celle de Peyrusset, capitaine au long cours et vieux frère des mauvais jours, est plantée à l'orée de la forêt de l'Ouest. La voici à sa porte. Elle frappe. Une grosse voix, au-dedans :

– Qui est là, sacré nom de Dieu ?

Peyrusset paraît sur le seuil.

– Louise ? Que vous arrive-t-il ? Le vent a emporté vos bêtes ?

– Je viens vous chercher, mon ami.

Elle est tout sourire. Il s'étonne.

– Me chercher, moi ? Pour aller où ? Voyez-vous pas que tout s'envole ?

Il l'attire à l'abri, referme. Il a du mal, le vent s'engouffre, il s'arc-boute et met le loquet. Louise rajuste son chignon, remet de l'ordre à son habit.

– Le bateau qui garde le camp a quitté son poste de veille, dit-elle, tout émoustillée. On n'en voit plus un lumignon. Nous pouvons construire un radeau et nous confier au cyclone. Nous n'aurons qu'à le laisser faire. Il nous conduira en trois jours jusqu'aux lumières de Sydney, et là-bas, cher vieux flibustier, vous nous dénicherez sans peine quelque fringant coursier des mers pour revenir chercher les autres.

Peyrusset s'assoit, la regarde, l'œil vaguement éberlué. Elle insiste, remue de l'air, essaie vaillamment d'entamer sa farouche stupéfaction.

– Sacré pirate, lui dit-elle, auriez-vous peur ? Mais non, pas vous ! Nous allons étonner le monde ! Ce boucan que vous entendez, c'est la liberté, mon ami, la liberté qui s'impatiente !

Il se tait encore un moment, puis laisse enfin tomber de sa moustache grise :

– On m'a dit que vous étiez folle. Je ne l'ai pas cru. J'ai eu tort. Construire un radeau ! Sacrénom ! Mais avec quoi ?

– De vieux tonneaux.

– Où les trouver ?

– Un peu partout, à la cantine, chez les gardes.

– Enfin, Louise, réfléchissez. Comment donc pourriez-vous savoir où nous conduira la tempête, si tant est qu'elle nous mène ailleurs qu'au fond de l'eau ?

– Il y a un risque, je l'admets. Mais nos chances de réussir n'en sont pas moins considérables !

– Si vous voulez mon sentiment, elles sont aussi nulles qu'un pet dans l'œil de ce joli cyclone qui regarde la mer voler.

Louise, la bouche arquée, s'indigne. Protestations, poings sur les hanches, soupçons sournois de lâcheté. Peyrusset se gratte le nez en ricanant qu'elle perd la tête. La pluie s'abat, assourdit tout. Elle hurle :

– Adieu, petit bonhomme !

Elle ouvre la porte à demi. Un coup d'épaule de bourrasque la fait claquer contre le mur, renverse la lampe, les chaises. Louise noue son écharpe et sort.

– Attendez, je vous raccompagne ! crie Peyrusset.

Il la poursuit. Elle lui lance, sous les éclairs :

– Hé ! retournez à votre niche, je n'ai aucun besoin de vous !

Sa voix se perd dans le fracas du déluge, du vent, des nuées déchirées.

Elle parvient à la baie de l'Ouest. Elle s'arrête sur un rocher, dans le tohu-bohu céleste. Elle est en colère, et pourtant, « que c'est beau, grands dieux ! » se dit-elle. Sa cabane est à quelques pas, mais s'enfermer, par ce grand temps, à l'abri tremblant de ses murs lui paraît soudain ridicule. Elle veut voir, entendre, jouir des chants de cette nuit sauvage, de leurs envolées déchirantes, de leur monstrueuse grandeur. Elle ferme les yeux, bras ouverts. « Qu'ils emportent tout, qu'ils m'emportent ! » Quels échos, quels désirs secrets, quelle rage réveillent-ils dans ses obscurités intimes pour qu'elle s'offre comme en extase à leur jubilante folie ? Le ciel tonitruant, les rauquements des vagues, les rugissements amoureux de l'ouragan, les trombes d'eau, le canon d'alarme, là-bas, parmi les hommes effrayés, voilà les instruments du prodigieux concert offert par Dieu au Diable ou par le Diable à Dieu. « Je me vois portée sur des ailes qui battent entre le noir du ciel et le noir coléreux des eaux. » Ainsi dit-elle, émerveillée. Ces monstres-là, en vérité, lui étaient déjà familiers avant qu'elle vienne à leur rencontre. Elle reconnaît en eux son rêve, inavouable et jouissif, du déferlement libertaire ravageant le monde effaré.

Le jour se lève. Quel silence ! Le monde semble abasourdi. Sur le rivage, des épaves. Alentour, des arbres couchés, des haies de jardins abattues. Contre un rocher Louise découvre une grosse branche arrachée, sans doute, à la forêt voisine. Elle s'agenouille. Elle joint les mains. Dans ce qui reste de feuillage est un nid intact, habité. Une mère, des oisillons, serrés ensemble, bien vivants. Bonté du cyclone, en passant.

24.

Il y a un théâtre à Numbo. Non point aussi beau qu'à Paris, mais comme il pourrait s'en trouver, bâti de planches et de rondins, dans un quartier de saltimbanques. Il a ses administrateurs, ses comédiens, ses machinistes, et l'on y joue tous les dimanches des tragédies, des vaudevilles, des opéras parfois troués, quand des pages manquent au livret. Certes, les ingénues ont des voix de tambour et se fourrent les mains aux poches avec la grâce de julots cherchant un mégot de cigare, mais qu'importe, à l'instant où le rideau se lève sur le décor bancal, il n'est pas un banc dans la salle qui n'ait son compte de ravis.

Louise, bien sûr, ne manque rien de ces agapes culturelles. Elle les applaudit volontiers, mais pense que décidément tout cela manque d'imprévu, de belle audace, de folie. Elle rêve de cris forestiers, d'instruments jamais entendus, de chœurs d'hommes préhistoriques, de chants sorciers autour d'un feu. Hululements de coquillages, rythmes de palmes remuées, claquements de bambous frappés, stridences de feuilles serrées entre les lèvres, bruits d'oiseaux. Un concert d'orchestre canaque. Voilà ce qu'elle voudrait offrir à ses compagnons de Numbo. Elle confie en secret son projet mirifique à son ami noir, Daoumi, le jeune homme aux gants blancs et chapeau haut de forme. Il s'en amuse. Il l'applaudit. Il l'aidera, il le promet, à trouver de bons musiciens.

Avec cette ardeur volubile qu'elle met à pousser ses idées dans les têtes qui lui font face, elle en parle enfin, un beau jour, aux trois directeurs du théâtre assemblés pour la circonstance autour d'un déjeuner frugal. Ils l'écoutent, la mine aimable, puis inquiète, puis effarée. Un concert canaque ici même où l'on joue Molière et Hugo ? Inconcevable. Elle déraisonne. Ils bégaient qu'elle ne va pas bien. Elle proteste, insiste, argumente. Ils la soupçonnent d'inciter ces supposés anthropophages à se croire meilleurs qu'ils sont. Elle s'entend traiter de sauvage, de complice des bêtes brutes qui depuis la fin de l'été semblent n'avoir plus à l'esprit que chants guerriers, haine des Blancs et fourbissements de sagaies.

C'est que le temps est à l'orage. Les tribus s'agitent en forêt, on ne les contrôle plus guère. On craint le pire. On a raison, car il ne va guère tarder.

Pour l'instant Louise discutaille, aggrave son cas, par plaisir. Elle aime horripiler son monde. Puisque les chants des vieux Canaques ne leur semblent pas assez blancs, l'idée lui vient de proposer à ces trois hommes sans malice une pièce à peine ébauchée inspirée par ces primitifs qu'il faudrait jouer, si possible, en maillots noirs, pour faire vrai. Fin du débat. On la renvoie à ses divagations bizarres. Le lendemain matin, au camp, on ne parle, de case en case, que de son étrange lubie. On comprend mal son intérêt pour ces noirauds à peine humains. Elle exaspère. Elle pousse à bout. Son prestige, à Numbo, s'étiole, d'autant que les aigreurs s'aggravent et que les rumeurs vénéneuses ne cessent pas de gâter l'air, autour d'elle, à la baie de l'Ouest. Des déportés espèrent une grâce prochaine. Elle les traite de lâches. Ils n'aiment pas cela.

– Demander pardon, leur dit-elle, accepter que l'on vous excuse d'avoir combattu l'infamie ! Communards, n'avez-vous pas honte ? C'est l'amnistie que je veux, moi, générale et sans conditions. Quitter le camp ? D'accord. Mais ensemble, ou jamais !

La faiblesse l'enrage. Il faut tenir, c'est tout. Devant le mal subi, ne pas baisser le front, garder sa haine inentamée face aux brimades, aux injustices. Bien sûr, semblent dire les autres, mais nous sommes, nous, des gens simples qui donneraient dix ans de vie pour revoir demain leur famille. Louise ? Elle est héroïque, on l'admet volontiers, serviable, c'est vrai, mais quoi, on ne peut rien lui demander sans qu'elle veuille donner le double. En plus, elle est cassante, autoritaire, elle pue. Elle ne se rend pas compte. Elle fatigue, voilà.

Elle s'enferme. Elle ne voit plus guère que quelques amis obstinés, Bauër, Caton ou Peyrusset avec qui elle a fait la paix depuis l'affaire du cyclone. Elle retrouve la solitude et l'immobilité du temps. Elle a toujours aimé cela. Sa plume grince sur ses feuilles du matin à la nuit tombée. Elle écrit à sa mère, à son amie Marie, charge Hugo, Clemenceau, Rochefort l'évadé de plaider sans cesse la cause de ses compagnons exilés. Elle rédige un *Livre du bagne* dont on ne retrouvera rien, compose des *Océaniennes* et d'autres poèmes mangés peut-être par sa vieille chèvre, peaufine les *Légendes et chansons de gestes canaques* que Daoumi lui a contées, commence un roman, peint, dessine, imagine des mélodies sur un piano inexistant, tricote pour Bauër des paires de chaussettes et dévore parmi ses chats les livres de bric et de broc que de temps en temps son ami dépose en tas vite écroulé dans le chaos extravagant où elle semble vivre à son aise.

Il lui faut pourtant revenir au bas monde, à ses grincements. Révolte du peuple canaque. Elle couvait depuis trop longtemps. Sagaies brandies, masques terribles, poitrines peintes, chants guerriers. Des hommes ? Non, des cauchemars. Ils attaquent en bandes hurlantes les fermes, les villages blancs qui leur viennent à portée de rage. Ils épouvantent, ils pillent, ils incendient, ils tuent.

À Numbo, on s'inquiète, on se tient prêt à tout. Car ces monstres-là n'effraient pas que les régiments coloniaux. Des déportés se mobilisent, ils veulent combattre, eux aussi, porter secours à ces colons dont ils se sentent solidaires. Ne sont-ils pas de même peau ?

Assemblée des vieux communards. Louise se dresse et dit ce qu'elle estime juste, contre l'avis de presque tous :

– Je considère pour ma part ces révoltés comme mes frères. On leur a arraché leur terre, on a méprisé leur savoir, on les a ravalés au rang de bêtes brutes, au mieux d'esclaves serviteurs chez les marchands et les notables. Des moins que rien, ces gens ? Allons ! Ils sont, comme nous, des humains en guerre contre leurs bourreaux, et comme tout humain ils connaissent la haine, la fraternité, le courage et le désir de vivre libres dans ces forêts où ils sont nés. On m'accuse de me vouloir canaque parmi les Canaques ? Je prends cela pour un honneur, car je chéris plus que tout bien, où que se livre la bataille, la cause de ceux qui refusent la fatalité du malheur.

Bauër et d'autres hurlent à la folie furieuse. Elle s'en retourne dans sa case, rassemble ses feuillets épars, remet sa plume à l'encrier.

Survient une nuit d'ouragan. Elle n'est pas couchée, elle écrit. Elle entend gratter à sa porte. Elle lève le front.

– Qui est là ?

Une voix menue, sous le vent, presque imperceptible :

– *Tayo.*

« Ami », en langage canaque. Elle ouvre. Ils sont deux, ruisselants. Elle les connaît. Ils sont de ces porteurs de vivres qu'une barque, de temps en temps, amène sur le sable gris, parmi les rocs, au bas du camp. Ils lui ont parfois raconté des légendes de leur tribu, sous un arbre, toujours le même, où elle guettait leur arrivée. Ils déposaient là leurs ballots. Ils parlaient, joyeux. Elle notait. Pour l'heure, ils grelottent. Ils sont nus. Elle murmure :

– Que voulez-vous ?

Elle craint des oreilles tendues, de l'autre côté des cloisons.

– Te dire adieu.

Sourires tristes. Leur affection simple l'émeut. Ils l'aiment comme une des leurs pour cette innocente raison : elle a écouté leurs paroles avec ce soleil dans les yeux qui rend belles toutes les fables.

– Qu'allez-vous faire ?

Ils se regardent, se poussent l'un l'autre à parler. Ils se décident à dire à deux voix maladroites qu'ils vont nager jusqu'à Bourail où sont des tribus qui combattent les mauvais maîtres du pays.

– Par ce vent ?

Ils sourient encore. D'un hochement de tête ils répondent que oui. Ils n'ont pas d'autre choix, dit leur regard timide. Elle hésite. Elle serre leurs mains. Voilà soudain qu'elle se tourmente. Pauvres garçons ! Ils vont périr. Que faire pour sauver leur vie ? Les retenir ? Les enfermer ? « Oui, se dit-elle, je devrais. Mais si j'étais, moi, de leur peuple, je plongerais quoi qu'il m'en coûte dans n'importe quel ouragan pour affronter mes oppresseurs. » Mouvement brusque. Elle se détourne. Elle attrape son sac dans un coin de sa turne, fait voler çà et là des habits, des cahiers, trouve enfin, au fond, ce qu'elle cherche : son écharpe rouge, froissée, mais encore fièrement vive. Elle la tient contre sa poitrine tandis qu'elle chuchote aux visages qui la regardent, bouche bée, qu'avec elle autour de son cou elle a traversé la mitraille, affronté le feu des canons, fait le guet sur les barricades et lu des poèmes à Montmartre en attendant les versaillais. Comprennent-ils ce qu'il leur dit, ce bout de tissu rescapé de ses combats inoubliables ? Qu'importe. Elle le déchire en deux, puis au cou de chacun des hommes elle noue une de ses moitiés.

– Porte-bonheur, dit-elle. Allez.

Elle les pousse dans la tempête. Ils disparaissent pour toujours.

À cet instant, elle est canaque. Le lendemain, à l'hôpital, elle aide à soigner des blessés victimes des razzias sauvages. Elle s'indigne, bouleversée par les récits terrifiants que les journaux calédoniens rapportent des villages morts, des fermes incendiées avec leur colonie, des paysages ensanglantés par la fureur des insurgés. La répression, certes, est féroce, le soulèvement des tribus ne l'est pas moins. Horreur partout. Il n'est pas de guerre honorable. Louise le constate, accablée. Elle dit aussi fort qu'elle le peut qu'il vaudrait mieux, à son avis, envoyer à ce peuple nu des instituteurs de campagne et des ambassadeurs polis plutôt que des canonniers ivres, elle n'en écrit pas moins à son cher maître Hugo son souci de porter secours aux pitoyables survivants des massacres à la sagaie noire. Le bord des tourmentés est à jamais le sien, d'où que viennent les tourmenteurs. Il n'est pas de douleur qui n'exige secours. La Révolution difficile qu'elle rêve de voir advenir n'aura jamais qu'un ennemi : le malheur né du désamour, de l'absence de compassion, de la terrible indifférence aux souffrances dans les regards que l'on ne veut pas rencontrer.

1878. Voilà cinq ans, cahin-caha, qu'elle campe au bord de l'océan. Il lui est maintenant permis (point par faveur, par droit pénal) de quitter son baraquement et d'aller vivre à Nouméa, pour peu qu'elle y trouve un travail. Elle aurait préféré Bourail. Son idée ? Ouvrir une école dans une case de tribu. On ne le lui a pas permis. La contrée n'est qu'à moitié sûre. Les sauvages ont du mal à s'avouer vaincus, ils ont parfois, ces increvables, des sursauts de lions blessés. Donc, le chef-lieu. Pas d'autre choix.

Derniers jours au camp de Numbo. Elle doit penser à se vêtir en citadine convenable. Elle en a perdu l'habitude mais se souvient de ses tenues quand elle recevait ses élèves, à Montmartre, au seuil de la cour. Elle sait comment doit s'habiller une institutrice de ville. Elle raccommode donc à tour de bras son linge, robe noire, chemises, bas, échange ses gros godillots contre les chaussures discrètes que lui offrent ses bons amis et fabrique en mauvaises planches un caisson plus volumineux qu'une malle d'explorateur pour sa colonie de matous qu'elle refuse d'abandonner aux vicissitudes sauvages.

Dernier adieu aux morts avant la vie nouvelle. Elle

monte seule au cimetière où sont Verdure, son vieux frère, Muriot, le suicidé discret couché sous un niaouli blanc aux branches tordues, désolées, Théophile Place, un enfant sur qui veille un eucalyptus, le grand Passedouet dont le tertre est couvert de couronnes venues de France, et tant d'autres, presque oubliés, aux croix bancales, aux fleurs fanées. Au-dessus des tombes est un roc en marbre rose envahi d'herbes. Elle aurait voulu qu'on y grave le nom de tous ces compagnons exilés pour l'éternité. « Peut-être, se dit-elle, un jour je le ferai. » Mais elle sait bien que non, qu'elle ne reviendra pas, elle quitte pour toujours cette baie, ces baraques et ce jardin venteux où dorment ces visages qui la suivront partout, familiers et secrets.

Nouméa. Retour à la vie. Elle trouve à se loger sans peine dans une petite maison du plus vieux quartier de la ville et, bien sûr, y ouvre une école pour les enfants des déportés revenus avec elle au monde. Il lui faut aussi un piano, depuis le temps qu'elle imagine un clavier sous ses mains agiles, un vase de fleurs à côté, des notes volant alentour comme dans sa chambre, autrefois, au temps de la pension Vollier. Un nommé Bœuf, vieux compagnon, lui en déniche un, presque en ruine, le bricole, lui rend la vie. Elle n'en veut pas plus. Tout est bien. Elle prévient le journal local qu'elle donne des cours de musique. Qu'on se le dise. On se le dit. Les jeunes filles du chef-lieu, non point les pauvres, les bien mises, s'en viennent délier leurs doigts sous l'œil noir, quoique encourageant, de la farouche communarde.

Elle gratifie les plus douées de récompenses solennelles : des partitions de ses chansons recopiées à l'encre rouge et dédicacées de sa main. Quand elle n'enseigne pas, elle écrit ou compose et quand elle sort, le soir venu, c'est environnée de ses chats qu'elle promène par les ruelles, indifférente aux airs surpris, parfois même scandalisés, des vieilles gens du voisinage. Se repose-t-elle parfois ? La question l'étonne. Jamais.

Le dimanche, messe sauvage. Aux Canaques de Nouméa qu'elle accueille dans sa maison et qui, de plus en plus nombreux, accourent à ses journées studieuses, elle donne des leçons d'écriture, de chant, de lecture, d'arithmétique, de sculpture aussi, de dessin. Son ami Daoumi est mort. Son frère s'est pris d'affection pour cette étrange femme blanche qui le regarde dans les yeux, comme on fait entre vrais humains, quand il lui parle de sa vie. C'est lui qui amène chez elle ces serviteurs, ces gens de rien, ces Noirs dont nul ne se soucie. Elle se plaît en leur compagnie. Elle les trouve joyeux, désireux de savoir, habiles à écrire et compter. Et puis elle apprend beaucoup d'eux. Ils l'abreuvent de mots nouveaux, ils lui racontent leurs histoires, ils évoquent sans retenue l'antique savoir de leurs pères. Elle note tout, hâtivement, elle questionne beaucoup. Elle rêve. Les Canaques, vivants mystères et pourtant amis émouvants. Elle imagine un très vieux peuple « aux longs cheveux, aux yeux célestes » arrivé peut-être d'Asie dans ces îles mélanésiennes avec ses mythes, ses secrets aujourd'hui à peu près perdus. Elle dit « peut-être » mais on sent qu'elle navigue au-delà du doute. Elle se voudrait anthropologue, elle est conteuse émerveillée. Elle se perd parfois dans ses songes. Elle veut tout plus beau que le vrai. C'est sa folie, c'est sa nature, c'est sa façon d'aimer la vie.

On peut la croire presque heureuse dans ce bout de France perdu. Elle peut à nouveau librement plonger en politique active, parler haut chez des compagnons qui font bombance de débats, de temps en temps, dans leurs maisons aux portes et fenêtres ouvertes. Ils s'en vont pourtant peu à peu, leur peine éteinte, graciés. Les femmes de la baie de l'Ouest s'embarquent libres pour la France, Cipriani, Balzenc aussi. Henry Bauër choisit Sydney. Peyrusset, le vieux loup de mer, a la triste idée de mourir, à quelques jours de son départ, d'une pneumonie négligée.

Louise, elle, tient son cap, envers et contre tous. Elle ne demande rien et n'acceptera rien qu'une amnistie sans conditions. Elle l'a dit et n'en démord pas. Elle apprend qu'à Paris ses amis pétitionnent, réclament à grand bruit son retour, exigent l'oubli des malheurs et la fin de sa punition. Elle les désavoue, elle proteste, elle envoie à Jules Grévy, président de la République, une lettre ouverte outragée. Elle ne veut pas qu'on la gracie, que ce soit clair pour tout le monde. Les démarches entreprises en son nom ? Malvenues, infamantes pour son honneur.

En France on l'admire, on s'enflamme, on prend parti, on se souvient de l'intransigeante noblesse de cette étrange femme en noir devant ses juges militaires. La « grande citoyenne » impose le respect. On s'exalte, parmi le peuple, à se raconter ses hauts faits. Certains même ôtent leur casquette quand ils rencontrent son portrait. On lit, on commente les textes dont elle abreuve les journaux, et les apostrophes publiques qu'elle adresse aux quelques grands hommes les plus influents de leur temps. À Clemenceau : « Du nerf ! dit-elle. Soyez le révolutionnaire dont notre cause a grand besoin, plutôt que de vous enfermer dans cette opposition mollasse qui ne fait peur qu'aux papillons. » À son vieux frère Rochefort : « Défendez plus résolument notre Révolution sociale et l'égalité absolue ! »

Dans Paris repeuplé d'amis, de plus en plus, jour après jour on parle de l'incorruptible qui demeure seule, là-bas, et qui tient bon, et qui s'échine à vivoter honnêtement, sans rien demander à personne. On la raille, certes, parfois. Des publications satiriques la représentent en « Vierge aux chats », en dévoreuse de bourgeois, en sœur de charité armée d'un long fusil à baïonnette. On ressort même des cartons la pétroleuse incendiaire planant sur les toits endormis. Drôle de gloire, en vérité. Elle ne sait rien de tout cela. Les nouvelles ne lui parviennent qu'au bout de quatre mois de mer, et de toute façon, elle s'en désintéresse. Elle est dans les journaux, mais elle ne les lit pas.

Qu'importe. Onze juillet 1880. L'amnistie est enfin votée. Clemenceau s'est battu pour elle. Il a gagné. Elle était devenue, de fait, inévitable. À Nouméa, banquet, liesse. Ils sont soixante déportés, dès qu'ils apprennent la nouvelle, à festoyer, à s'embrasser, à lever leur verre à la vie, à la liberté retrouvée, aux espérances renaissantes. Le quatorze juillet à la tombée du jour, place des Cocotiers, sur un kiosque à musique (foule, drapeaux, costumes neufs), Louise chante *La Marseillaise* en compagnie d'un artilleur et de sa quinzaine d'élèves qui reprennent en chœur le refrain. On les acclame, les mains hautes. Un témoin anonyme note : « Instant sacrément émouvant. » La « grande citoyenne » est ensuite invitée par le maire de Nouméa à célébrer ce jour parfait dans le parc de l'hôtel de ville. Une double haie de soldats la précède et lui fait escorte. À ces agapes officielles elle ne s'attarde que le temps de quelques brèves politesses. C'est que ses chers amis canaques l'attendent autour d'un feu de joie sur une plage, hors de la ville. Elle les rejoint au clair de lune. Danses pieds nus parmi les braises, chants d'adieu, palabres, cadeaux. Fin de l'exil. Sept ans de nuit. Le matin la trouve debout, seule et droite face à la mer que le jour naissant ensoleille.

Le cinq août, par courrier, Louise apprend que sa mère est gravement malade. Attaque de paralysie. Angoisse soudaine, affolante. Que sa Marianne soit mortelle lui est déjà, depuis l'enfance, presque impossible à concevoir. Qu'elle trépasse avant son retour serait la plus terrible épreuve que sa peur puisse imaginer. Elle doit partir, et sans tarder. La traversée la plus rapide passe par le port de Sydney. Quatre septembre. Elle grimpe à bord du trois-mâts *City of Melbourne*. Sur le quai, foule blanche et noire. Les Canaques de Nouméa sont venus en bandes joyeuses. Ils chantent des chants d'au revoir. Elle ne peut répondre aux mouchoirs qui s'agitent au-dessus des têtes, elle n'a plus son écharpe rouge. Elle les regarde s'éloigner, puis elle essuie ses yeux mouillés à l'abri du regard des hommes.

25.

À Sydney, Louise et son barda embarquent sur le *John Helder* en partance pour l'Angleterre. Outre son vieux sac efflanqué, elle trimballe ses cinq matous dans une cage à perroquets de haut en bas voilée de toile. C'est que les animaux sont interdits à bord. Elle les a donc dissimulés, le temps de grimper sur le pont et de trotter à sa cabine où ils demeureront cloîtrés des nuées glacées d'Australie au fier soleil de la mer Rouge et de la Méditerranée aux grisailles du port de Londres.

Fin de route. Louise est debout, environnée d'embruns, à la proue du navire. Sirènes d'arrivée. À leurs hululements répondent sur le quai des vivats, des chansons sous des bannières rouges, des égosillements, des ruées de tambours. Jusqu'au pied de la passerelle se presse une foule d'amis, bras accueillants, casquettes bleues tournoyant au-dessus des têtes. Ils sont tous là, les communeux, les rescapés de la Sanglante, Armand Moreau, Combault, Varlet, Maréchal, le gros boulanger qui offrait l'abri de son four aux barricadiers en cavale, et tant de visages autour d'eux, jamais vus ou connus jadis, sans que Louise puisse nommer ces gens heureux qui la tutoient et l'appellent par son prénom.

Avec ses frères de Numbo elle est menée en grande pompe jusque chez Mme Oudinot où leur est offert à dîner. On chante, le poing haut, on boit, on pense aux morts, et les regards brillent soudain, et les voix se font toutes pauvres. Il fait un temps, cette nuit-là, à ne plus vouloir se quitter. On ne se sépare qu'à l'aube. On se jure de se revoir. Repos bref. Vers midi, passage par Rose Street, club des exilés de partout. Les révolutionnaires anglais, allemands, russes, polonais font à la « grande citoyenne » et sa poignée de compagnons un accueil d'amis de toujours, admiratif et polyglotte. Vin d'honneur, discours. Le temps presse. Course en bande jusqu'à la gare. Étreintes, longs adieux, mains puissamment serrées. Une *Marseillaise* insolite sous les nuages anglo-saxons accompagne le train qui part.

Dieppe. Marie est là, sur le quai, droite, inquiète, habillée de noir elle aussi. Louise la cherche du regard. Elles s'aperçoivent à quelques pas et le monde aussitôt s'efface. La bruine, les gens, la rumeur ? Même pas lointains : disparus. Elles s'étreignent à n'en plus pouvoir. Bouches tremblantes, joues mouillées, premiers mots balbutiés au bord des chevelures :

– Ma mère ?

– Elle va mieux. Elle t'attend.

Elles s'écartent pour mieux se voir, se tiennent les

mains l'une l'autre. « Comme elle est pâle ! » pense Louise. Marie lui sourit. Elle murmure :

– Tu es là, mon Dieu, tu es là.

Son amie caresse sa joue. Lumière embrumée des regards qui dit leur bonheur, leur amour, leurs inguérissables chagrins. Retour de la vie autour d'elles. Il faut à nouveau se hâter.

Gare Saint-Lazare, Paris. Combien sont-ils sous la verrière à se hisser sur des chariots, à courir après sa voiture, à lancer en l'air leurs chapeaux ? Dix mille ? Quinze mille ? Plus, peut-être. La foule se perd dans le gris, loin devant la locomotive. On se bouscule, on chante, on crie, on veut la voir, la bonne Louise, lui serrer la main, la bénir. À ceux qui l'entourent, l'embrassent et lui réclament bruyamment un discours, un appel au peuple, elle répond qu'elle n'est rien du tout, que seule la Révolution vaut cet amour qu'ils manifestent à quelques proscrits fatigués qui s'en retournent à la maison. On ne l'entend pas, on insiste. Elle repousse les mains tendues. On la presse si vivement qu'elle se mettrait presque en colère. Heureusement Marie est là, Vallès aussi, et Rochefort, qui écartent d'elle la foule. Ses seuls soucis, pour le moment : sa meute de chats et sa mère. Chacun de ses trois amis proches met à l'abri dans son manteau une ou deux de ses bêtes affolées, grelottantes, et lui ouvrent parmi les gens un étroit chemin turbulent jusqu'au-dehors où les attend la voiture d'un ami sûr.

45, boulevard Ornano, chez sa mère. Les cinq chats délivrés s'ébrouent. Marianne est là, dans son fauteuil, à tendre les bras à sa Louise. Elle veut se lever, elle ne peut, ses jambes ne la portent plus. Cheveux blanchis, rides creusées, plis d'amertume au coin des lèvres. Sa fille à ses pieds s'agenouille, baise ses mains tachées de brun. Regards de bonheur éperdus, vieilles larmes, caresses rêches de paysanne aux doigts de bois, gronderies d'amour maladroit.

– J'espère bien que maintenant tu obéiras à ta mère, grince, l'œil noir, la vieille femme. Je ne veux plus revoir ici ces brigands, ces porte-malheur, ces crapules sans Dieu ni maître qui nous ont fait le temps si long.

Louise l'apaise, la rassure et s'amuse secrètement. Marianne s'enrogne. C'est bien. C'est signe de forte santé. La mort n'est pas encore à aiguiser sa faux sur la chaise d'à côté.

– Bien sûr, dit-elle. Ne crains pas.

Elle ne dit pas : « Je serai sage » mais c'est tout juste. Elle lui sourit. Elle lui ment. Elle l'a toujours fait. Surtout qu'elle n'ait pas de souci, le reste n'a pas d'importance. « Elle me regarde, se dit-elle, mais qui voit-elle en vérité ? Elle ne me connaîtra jamais. Je suis pour elle une étrangère dont elle ne peut pas se passer, mais peu importe, c'est ma mère, mon refuge, mon bien sacré. »

Son cœur est là, chez sa Marianne. Elle le retrouve, en vérité, avec ses émois, sa tendresse, sa peur de faire de la peine, ses puérilités aussi. Mais sa vie, elle le sait, est à jamais ailleurs.

À peine de retour d'exil, prend-elle au moins quelque repos ? Pense-t-elle à rouvrir son école à Montmartre ? Impossible, elle n'est plus la demoiselle Louise qui enseignait, sous son préau, les mœurs des mouches et des tortues à la marmaille de la Butte. Elle ne sait plus rien de la paix. Sa peau s'est changée en armure. Ranimer la flamme noyée dans le sang de ses vieux martyrs, mobiliser morts et vivants, reprendre enfin la longue route vers les lendemains espérés, voilà le travail à mener aussi loin que sa vie le voudra.

Elle est célèbre, maintenant. Elle peut parler haut, on l'entend. Les journaux nationaux l'accueillent volontiers. Son seul nom fait grimper les ventes. Veut-elle dire ce qu'elle pense, aiguillonner d'anciens complices à la bedaine rebondie par les banquets républicains, publier une lettre ouverte à tel ministre, tel préfet ? Leurs colonnes lui sont offertes. Elle les occupe abondamment. Elle est la voix des coléreux, l'espoir des rêveurs d'avenir, la madone des militants de la Révolution sociale. On la compare à Jeanne d'Arc. S'en soucie-t-elle ? Peu. Elle hausse les épaules. À ses adorateurs elle répète sans cesse que seule la bataille obstinée, quotidienne doit mobiliser les esprits. Mais elle irrite aussi beaucoup, et pas seulement chez les riches. Elle embarrasse, elle exaspère jusqu'aux grands hommes de son bord. Louise ? « Une vieille folle utile », dit l'un de ces bons compagnons. Un autre : « Une vierge hystérique. Je ne voudrais pour rien au monde, sachez-le, me la mettre à dos. Je ne voudrais pas plus, d'ailleurs, me la fourrer sous le nombril. » Un organisateur de meetings libertaires : « Vous n'aimez pas Louise Michel ? J'avoue que c'est compréhensible, mais sur l'affiche, elle fera bien. » Des jaloux ? Oui, probablement. Sa célébrité fait de l'ombre à quelques valeureux tribuns des grandes heures communardes. Tout de même, beaucoup l'estiment insupportable. Intransigeante, raide et dure comme un os, sèche comme une mère abbesse, modeste autant qu'envahissante, prompte à railler les tièdes, incontrôlable enfin, elle épuise qui veut la suivre.

Le fait est qu'elle repart en guerre avec une ardeur combattante inentamée par les huit ans qu'elle vient de vivre au bout du monde. Une semaine à peine après son arrivée, première conférence à l'Élysée-Montmartre, haut lieu des rêves massacrés. Les drapeaux rouges et noirs pavoisent les vieux murs. La salle est comble, turbulente. On s'interpelle, on chante, on crie. La grande femme sèche apparaît sur la scène. Ovation. Tête haute, elle attend le silence. Enfin sa voix s'élève. Elle est frêle, éraillée, et pourtant étrangement nette. Elle dit que la Révolution est aujourd'hui ressuscitée. Elle dit que les martyrs seront bientôt vengés, que les religions se dissipent au grand souffle du vent nouveau et qu'il est temps que nous soyons, nous, les vivants de ce bas monde, les seuls maîtres de nos destins. On ne l'applaudit pas, on hurle, et la voilà portant la foule au grand soleil de l'espoir fou. Salle Graffard, début décembre, nouveau meeting tonitruant au profit des amnistiés. Elle y parle passionnément des découvertes de la science. Elle les pressent vertigineuses.

– Elles nous délivreront, dit-elle, de l'esclavage industriel, elles aboliront la famine, les taudis, les épidémies. Les savants travaillent, eux aussi, à la beauté du monde neuf. Ils doivent être plus que tous aidés, protégés, respectés.

On ne la comprend pas toujours, mais elle sait bien dire, elle enflamme. Partout dans Paris on l'invite. Partout elle va comme au combat. Parfois l'attendent des braillards, des enragés de l'autre bord armés de bâtons, de mots sales. Peu importe, elle serre les poings et leur vient bravement devant. Faire front, elle aime cela. À l'Ambigu, tandis qu'elle parle, une voix d'homme dans la salle interrompt tout net son discours.

– Vous semez la haine, madame.

Elle se tait. Instant suspendu. Silence de mille visages attentifs, tapis dans le noir. Elle répond à voix lente, assourdie :

– Oui, je hais. Je hais les soldats qui mitraillent, je hais les prêtres qui salissent, je hais les mouchards qui dénoncent, je hais les juges qui condamnent. Vous craignez la Révolution. Je la veux, moi, mais sachez-le : le peuple seul décidera quand il sera temps de la faire.

On la réclame à Lille, à Toulouse, à Lyon. S'épuise-t-elle à tant parler ? Même pas. Elle en redemande. Elle aime ces soirées fumantes où se vivent, avec son public, d'étranges amours animales. Mots, formules lancés comme pitance aux fauves, rugissements, grondements d'aise, arguments forts, houle, rumeur, ronronnements approbateurs, railleries complices attrapées par des mains battantes, des rires. Elle sait tenir ceux qui l'écoutent et les mener, au bout du soir, au dernier chant, aux grands vivats. À sa tournée manque une ville où elle veut à tout prix aller et dire à tous qu'elle est vivante, que rien n'a pu la bâillonner, ni les prisons, ni les massacres, ni la haine à mort, ni l'exil, une ville comme un défi, comme un retour, la tête haute, aux sources des malheurs. Versailles.

Elle y va un jour de septembre. La salle, trop pleine, déborde, non point d'amis, de versaillais. Louise apparaît. Sifflets, insultes, battements de pieds, quolibets. Ces gens ont décidé de lui clouer le bec. Elle leur fait face, imperturbable, le regard vaguement moqueur. Elle ne bouge pas. Elle attend. Dès que les gosiers fatigués se taisent pour reprendre souffle, elle attaque à coups de mots secs. Elle parvient à se faire entendre plus ou moins mal, de temps en temps. Trois heures durant elle tient tête, poussant ses paroles du poing entre deux ruées de clameurs. Après la réunion, la meute des braillards la suit jusqu'à la gare. Vol de cailloux, échauffourée, car des amis sont accourus au secours de la « grande Louise ». Sur le marchepied du wagon qui la ramène vers Paris, elle se retourne sur la foule qui déferle le long du quai, contemple un instant la cohue aux cannes tournoyantes au-dessus des chapeaux et dit, tranquille, l'œil content, à ses compagnons d'aventure :

– Un jour, ils comprendront. Ils changeront de bord. Ils seront avec nous.

Évidemment on médit d'elle, on ricane, on la calomnie. La Jeanne d'Arc des miséreux mène un train de grande bourgeoise. Comment cela ? L'ignorez-vous ? disent les journaux bien-pensants. Ces réunions qu'elle tient partout lui sont payées cinq cents francs l'une. Les appels à l'insurrection ne sont-ils pas, à ce prix-là, une affaire de bon rapport ? Ils ignorent qu'elle donne tout. Elle ne garde pour son profit même pas l'argent qu'il faudrait à une vie sans gros soucis. La recette des conférences va ici aux mineurs lorrains, ailleurs aux communards proscrits, aux emprisonnés de Châlons ou aux œuvres de propagande. Seuls lui sont payés ses voyages. Même pas son hébergement. Elle loge chez ceux qui l'accueillent tandis que Marie, à Paris, prend soin de la vieille Marianne.

Qu'importe, les rumeurs et les ragots s'obstinent. Que cette institutrice laide reconvertie en révoltée refuse l'aisance bourgeoise quand elle vient à portée de main est pour les mondains cousus d'or proprement inimaginable.

Un gros monsieur bien mis, au gilet conséquent, se présente un matin, boulevard Ornano, à l'entrée de l'appartement où Louise vit avec sa mère. Sans même ôter son haut-de-forme :

– Mademoiselle Michel ? dit-il, ventre en avant.

– C'est moi, monsieur. Que voulez-vous ?

Grimace agacée du bonhomme. Il tapote d'une badine, nerveusement, son mollet droit.

– Vous vous moquez, ma fille.

– Et pourquoi le ferais-je ?

– Une femme aussi fortunée que celle qui demeure ici n'ouvre pas sa porte elle-même. Quand on a voiture et chevaux, on ne manque pas de larbins. Allons, trêve de balivernes. Annoncez à votre maîtresse qu'un visiteur voudrait la voir.

Louise part d'un rire mauvais, repousse dehors sa bedaine, le laisse pantois sur le seuil, le nez à deux doigts du battant violemment claqué à sa face, et retourne auprès de sa mère.

– On me croit riche, lui dit-elle.

– Tu pourrais l'être, c'est certain.

– Ils ne savent pas. Pauvres bêtes.

Les calomnies pourtant l'atteignent. Elle s'applique à répondre aux journaux venimeux, sans rien omettre, point par point. Est-ce la peine ? « Oui, dit-elle. Nettoyer les taches de boue est assurément nécessaire. Nous mourrons sans doute bientôt, et nous devons nous garder propres pour la Révolution qui vient, pour les hommes qui la vivront, pour le monde neuf à venir. Veillons à rester exemplaires. Il faudra qu'on soit fier de nous. »

Janvier 1882, premier anniversaire de la mort de Blanqui. Manifestation. Louise en est. Évidemment, elle marche en tête. La police est là, elle aussi. Insultes, poings levés, accrochages, bagarres. Elle est, avec d'autres, arrêtée. Commissariat, procès, salle peuplée d'amis. Le journal d'Henri Rochefort, *L'Intransigeant*, est là aussi. Compte rendu de la séance du tribunal correctionnel. Louise Michel est appelée. Le reporter l'observe. Il note. La « grande citoyenne » est calme. Elle écoute, à peine amusée, les questions qui lui sont posées.

– Vous êtes prévenue, lui dit le président, d'insultes et d'outrage à agents.

Elle hausse la tête. Elle répond :

– Des brutalités, des outrages, il y en eut de graves, en effet, mais j'ai le regret de vous dire que nous les avons seuls subis. J'ai vu, dans les locaux où l'on nous a menés, deux policiers frapper un homme à coups de pied et de bâton. Je suis donc montée à l'étage où se trouvaient d'autres agents. Je leur ai dit : « Descendez vite, je crains qu'on assassine, en bas. »

Le président lève la main. Louise, poliment, s'interrompt. Rumeur confuse dans la salle.

– Votre récit est contredit par la déposition écrite d'un fonctionnaire assermenté. Vous l'avez traité d'assassin et de feignant. Le niez-vous ?

– Oui, bien sûr, je le nie. Pourquoi vous mentirais-je ? Sachez, monsieur, qu'en d'autres temps j'ai avoué pas mal de choses plus terribles que celle-là.

L'homme appelé à témoigner est en tenue d'agent de ville. Conar, tel est son nom, hélas. Il s'obstine. Il n'en démord pas. C'est lui que l'on choisit de croire. Louise Michel est condamnée à quinze jours de prison ferme.

Sanction anecdotique aussitôt oubliée. Un malheur

l'attend à l'air libre. Marie, sa sœur, sa bien-aimée, tombe une fois de trop malade. Son cœur, depuis longtemps, cahotait, s'emballait. Il ne savait plus comment battre. Voir encore Louise emmenée entre deux poignes de gendarmes l'a proprement exténuée. Elle s'est couchée, sans plus parler, le regard vague, ailleurs, déjà. Au retour de sa bonne amie elle sourit à peine, sans forces. Elle quitte la vie dans ses bras. Louise reste longtemps à lui tenir la main, hébétée, sans larmes, muette. Aucune injustice subie, aucune épreuve traversée n'a jamais dévasté son âme comme elle l'est au pied de ce lit.

Elle habille sa pauvre aimée du châle rouge qu'un ami lui avait offert, autrefois. Il devait servir de bannière. « Il a fait un linceul, dit-elle. Qu'importe, pour moi c'est pareil. » C'est à elle qu'elle pense encore avant d'écrire ses *Mémoires*, longtemps après ce jour de mort. La dédicace, au seuil du livre, fait de Marianne et de Marie un seul et même être : « Myriam ! Ma chère mère, mon amie. Que mon temps de vie s'use vite, que je sois près d'elles bientôt. Et maintenant, si par hasard je fais quelque bien en ce monde, que l'on ne m'en sache aucun gré. En vérité, j'use l'ennui, je cherche à m'étourdir, c'est tout. » Elle s'en retourne en politique, elle s'en enivre, à corps perdu, elle y noie sa peine, en effet.

Marie n'est enterrée que depuis quelques jours, qu'elle se préoccupe du sort d'une Mme Desmoulins, « femme d'un déporté qui sort de l'hôpital », pour qui elle sollicite un honnête travail. « Plieuse de journaux serait bien, par exemple. » Trois mois plus tard elle manifeste avec le peuple des usines qui n'en peut plus d'être asservi. Pouvait-elle éviter d'être arrêtée ? Peut-être. Le fait est qu'elle l'est. Cette fois, l'affaire est d'un autre calibre. Cour d'assises. Compte rendu : *La Gazette des tribunaux*. Le président :

– Louise Michel, vous avez été condamnée, il y a de cela quelques mois, pour délit d'émeute et d'outrage. Apparemment, vous persistez.

– En effet, je n'ai pas changé. Je suis toujours du bon côté, avec les pauvres et les proscrits.

– Vous avez donc manifesté, une fois de plus, contre tout, l'État, les patrons de fabriques, la police, la pauvreté. Qu'espériez-vous de ces désordres ?

– Rien. Mais je redoutais que le gouvernement ne fasse canonner, comme à son habitude, la foule de ces miséreux. Je ne suis pas femme à lâcher mes compagnons sous la mitraille.

– De nombreux témoins vous ont vue les rameuter, les exciter, tant du geste que de la voix. Ils ont marché derrière vous. Vous brandissiez un drapeau noir.

– Oui, monsieur. Je voulais qu'on sache que les ouvriers avaient faim.

– Trois boulangeries, au passage, ont été saccagées par ceux qui vous suivaient.

– Je n'ai pas vu de boulangers. Je ne pensais qu'aux affamés.

– Qu'on n'ait pas respecté le bien de ces honnêtes commerçants ne vous fait-il ni chaud ni froid ?

Louise sourit :

– Ni chaud ni froid.

Audition des témoins à charge. Ils reconnaissent l'accusée. Pendant qu'on pillait leur boutique, ils l'ont vue rire et agiter son drapeau au-dessus des têtes. Louise se fâche :

– Rire, moi, devant la misère du monde ?

Une confidence, en passant, notée au bout de ses *Mémoires* : « Je n'avais vraiment pas le cœur à me réjouir, ce jour-là. Je venais de quitter ma mère qui me suppliait, pauvre femme, d'attendre qu'elle soit enterrée si je tenais absolument à gaspiller ma vie dehors. »

Plaidoiries, délibérations. Verdict : six ans de prison ferme.

26.

Prison Saint-Lazare, quartier des femmes. Prostituées de tous les âges, ogresses au gueuloir édenté, clochardes vaguement truandes, épaves résignées échouées sans espoir, sans futur, sans mémoire. Qu'ont-elles fait pour être là ? Elles ne savent pas, Dieu s'en moque et les juges l'ont oublié. Premier jour. On fait connaissance. Voici Louise parmi ces filles dans l'ombre des murs de la cour. Elles la reluquent, la reniflent, l'examinent de haut en bas. Elle dit qui elle est. On s'étonne, on la regarde d'un autre œil.

– Louise Michel ? La pétroleuse qu'a foutu le feu à Paris ?

Elle répond qu'elle n'a rien incendié du tout, mais qu'elle a combattu, et qu'elle combat encore pour que change la vie des gens. Il en est qui ricanent et lui tournent le dos, d'autres qui veulent en savoir plus. Elle est anarchiste. Elle le dit. Elle explique. Elle a l'habitude. On n'ose pas la contredire, d'autant qu'elle questionne, elle aussi, et qu'elle écoute les réponses avec une attention aiguë. La vie des autres l'intéresse, surtout celle de ces pauvresses qui la voient (elle parle trop bien) comme une riche mal tombée.

Le temps passe, et c'est bien ainsi. « Car ce n'est pas en quelques jours, dit-elle, qu'on connaît les êtres. Il faut longtemps les fréquenter. On devine alors de bons cœurs sous le malheur qui les étouffe. » Elle apprend leur langue, l'argot. Elle découvre une autre misère, plus poignante encore peut-être que celle qui traîne les rues, de taudis en fumées d'usines.

– Tu sors demain. T'es pas heureuse ?

– Ma foi non, fait trop faim dehors.

– Mais ta mère a de quoi, elle travaille, pas vrai ?

– On l'a chassée quand on a su que j'étais au trou Saint-Lazare. La pauvrette, elle est à la rue.

– Tu vas crécher où ?

– Je sais pas. La grosse Chiffe m'a fait signe, elle veut bien me mettre au tapin. Si je turbine comme il faut, je pourrai reloger ma vieille.

– Au tapin ? T'y resteras pas. Tu seras de retour ici avant qu'il soit Noël, ma grande.

– Ben dis, comment faire autrement ? J'aurais aimé être bonniche pour marcher sur de beaux parquets, je finirai bientôt putain. N'y a pas d'ouvrage pour ceux qu'ont des certificats partout. Alors tu penses, qu'est-ce qu'il reste pour les filles numérotées ?

Louise console comme elle peut, apprend à lire à quelques-unes, harcèle l'administration, fait améliorer l'ordinaire, alerte les journaux, témoigne : « Écoutez-moi, je vous en prie, jeunes filles de bonne vie que vos parents aiment et protègent. Ici sont des enfants de seize ans, comme vous, à qui rien n'a été donné, et qu'on méprise, et qu'on détruit. Certaines sont tant affamées qu'elles se font bétail pour les riches, d'autres chapardent trois fois rien au nez des agents de police. Que cherchent-elles ? La prison, seul espoir d'une soupe chaude, d'un morceau de pain, d'un abri. Et l'on nous parle de justice ! Ces malfamées vous font horreur ? Moi, ce sont leurs bourreaux que je hais, que j'exècre ! »

Heureusement ses vieux amis tous les jeudis viennent au parloir. Vallès la nourrit de lectures, Rochefort de fruits, de gâteaux qu'elle distribue, évidemment, à ses compagnes maigrichonnes. Elle écrit chaque jour à sa vieille Marianne des lettres apparemment banales où percent pourtant çà et là des grincements, des idées grises, des tourments inhabituels.

D'abord elle ment stupidement, comme une affolée prête à tout pour échapper à son angoisse. Elle est enfermée pour six ans. « Je serai bientôt libérée », dit-elle à sa chère impotente qui se fait lire (elle ne sait pas) les griffonnages de sa fille par sa voisine de palier, la bonne Mme Biras. « Le temps sera vite passé. Je vais bien, nous sommes traitées aussi plaisamment que possible, fleurs aux fenêtres, fruits, pain blanc et poulet rôti au dîner. Tu n'as donc aucune raison de te faire du mauvais sang. » On la sent trembler à l'idée que sa mère puisse la voir dans son impuissante misère. Car elle est à bout de courage. Cette cage où elle est l'enrage. Elle n'a plus de prise sur rien. Elle s'en aigrit, elle en divague. Elle ne sait plus qui croire ou non. Elle ment, s'affole et voit des mensonges partout. Ruminations noires, insomnies, évidences déraisonnables : Marianne et Mme Biras l'abreuvent de fausses nouvelles, elles endorment la vérité, elle le sent, elle s'en persuade. Ses chats sont-ils soignés comme elle veut qu'ils le soient ? Elle en doute, on les traite mal (du moins ses démons le lui soufflent), elle exige des précisions sur leurs repas, sur leur santé, sur la qualité de leur poil. « Et surtout qu'ils ne sortent pas ! » « Mais ils puent », lui répond sa mère. « Qu'importe, gardez bien les fenêtres fermées. »

Une lettre un jour lui apprend un insupportable malheur. Une des chattes ramenées de Nouvelle-Calédonie a une poussée d'eczéma. Chagrin démesuré. Elle n'en peut plus dormir. « Qu'on la conduise à l'hôpital ! » Rien soudain n'est plus effrayant que ces maudites purulences. Bref, elle tempête, récrimine, ordonne enfin tant et si mal qu'elle finit par exténuer les dévouements les plus patients. Mme Biras n'en peut plus. Elle se décide à lui écrire. « Vous serez donc toujours extrême, ma pauvre Louise, lui dit-elle. Avez-vous perdu tout bon sens ? Je crains fort que ces chats qui vous occupent tant vous soient devenus plus précieux que la santé de votre mère. Dites-moi clairement, que je sache quoi faire. Le peu d'argent que vous avez est-il pour soigner leur pelade ou pour secourir vos amis que vous savez dans le besoin ? Réfléchissez et prenez garde. Si vos adversaires apprenaient ce que je sais de vos humeurs, ils auraient de quoi ébahir les bonnes gens qui vous admirent ! »

D'autant que les matous ne sont pas seuls en cause. Louise prétend aussi, du fond de sa prison, régenter la vie de la bonne qui sert chez Mme Michel, elle-même ancienne servante. Il est bon qu'elle soit campagnarde. Les paysannes, dans Paris, acceptent d'être peu payées. Est-elle jeune, saine, propre ? Bien bâtie ? Soit, mais pas trop lourde, le sommier de son lit risquerait d'en souffrir. Sait-elle lire le journal ? C'est absolument nécessaire. Le matin, sa chère Marianne aime écouter les faits divers en prenant son café au lait. Il faut veiller aussi à ce qu'elle mange peu, et pas de viande, s'il vous plaît, les bêtes ont autant que nous-mêmes le droit de vivre librement. Dites-moi donc ses qualités. Est-elle assez patiente ? Gaie ? Ne bavarde-t-elle pas trop ? Accepte-t-elle sans réplique d'être grondée, voire punie ? Se lever la nuit ? Elle le doit, si sa maîtresse a besoin d'elle. Et surtout qu'elle n'ait pas d'enfant. C'est le point le plus important, car forcément, un jour ou l'autre, elle demanderait un congé pour aller couiner avec lui. Or elle doit être disponible semaine et dimanche, à toute heure, sinon à quoi bon la garder ?

Après un an à Saint-Lazare, Louise est transférée à Clermont. On veut l'éloigner de Paris, elle est trop proche de ce peuple qui n'en finit pas de rogner. Elle proteste en vain. Dur moment. Elle s'était liée d'amitié avec quelques maigres perdues qui n'avaient besoin de rien d'autre qu'un sourire, une main tendue, pour que s'éclaire leur regard. Adieu ces visages, ces voix. Elle est désormais seule et loin de ceux qu'elle aime. Plus de visites le jeudi, et plus personne à qui parler. Elle s'immerge dans l'écriture, comme elle l'a toujours fait pour tromper sa détresse, quand toutes les portes se ferment. Nouvel ouvrage : *Mes prisons*. Elle oublie celles, immatérielles, où elle s'enferme trop souvent, et qui mettent son cœur à mal. Son récit conte ses procès, ses tribulations, ses épreuves de Satory à Auberive, du camp de Numbo à Clermont. Il ne verra jamais le jour. Il se perdra, comme bien d'autres.

S'apaise-t-elle ? Un peu, mais guère. Le malheur lui revient dessus, et cette fois plus de mensonge, il est là, terrible, accablant. Une lettre de quelques lignes lui dit soudain, un jour d'hiver, ce que depuis l'enfance elle redoute d'entendre. Sa mère est proche de sa fin.

« Sache-le, tu tiens nos deux vies », lui avait dit Louise, autrefois. L'inaltérable citoyenne n'est plus qu'une fille brisée. Sa fierté, son orgueil, sa rage combattante ? Mirages dérisoires, apparences, fumées. Son esprit ? Un désert où fut une espérance, quelque part dans une autre vie. Pour la première fois depuis qu'elle est au monde elle baisse la tête. Elle supplie. Elle envoie trois lettres en trois jours au ministre de l'Intérieur.

« Donnez-moi un instant près d'elle. Soyez assez bon pour cela. En échange, si vous voulez, je m'engage à m'en retourner en Nouvelle-Calédonie. J'y serai maîtresse d'école, rien d'autre, je vous le promets. Je n'en bougerai plus jamais. Si elle est morte avant que je puisse la voir, permettez que je me recueille, un instant, auprès de son corps. » Dernier mot : « J'aurai du courage. » Il n'est dit que pour elle seule. Elle n'est pas sûre de tenir.

Elle est reconduite à Paris. Deux agents de ville l'escortent jusqu'au boulevard Ornano. Marianne vit encore, elle reconnaît sa fille. Sa Louise, elle, ne voit plus rien de cette chambre familière où elle s'avance à pas trop lents. Elle hésite comme une aveugle, balbutie, demande où elle est. Elle semble ne rien reconnaître. Elle se tourne à droite et à gauche. Elle s'épouvante tout à coup. Elle est prise de tremblements, insulte là des monstres aux faces impassibles, là des fantômes répugnants, là son grand-père Demahis qui veut la serrer dans ses bras. Des heures durant elle s'agite, elle s'échevelle, elle va et vient de la fenêtre au lit, du lit à la fenêtre. Elle fait halte un moment, farouche, hallucinée. Elle désigne en bas, dans la rue, un fourgon noir, des croque-morts. Ils sont là, elle le hurle, elle est sûre, elle le sait, pour lui prendre sa mère et l'enterrer vivante. On lui dit :

– Regardez, ce ne sont que des gens qui vont sur les trottoirs, des voitures qui passent.

Elle n'entend rien, elle se défait des mains amies qui

la retiennent, elle court au visage livide qui repose sur l'oreiller, elle lui crie qu'il faut se lever, que la foule est devant la porte, qu'elle gronde, qu'on l'attend, qu'elle doit aller parler. Elle s'épuise enfin, elle renonce, elle s'effondre sur une chaise, elle reste là longtemps, prostrée. Le soir tombe. Auprès d'elle on allume la lampe. Elle va mieux. La crise est passée.

Marianne meurt le trois janvier 1885 à cinq heures moins trois minutes. Il fait encore nuit dehors. Louise lui a fermé les yeux, sans une larme, enfin paisible. On la ramène à Saint-Lazare au matin de l'enterrement. Un dernier regard pour sa mère couchée dans le cercueil ouvert. À l'instant de franchir le seuil elle s'arrête, hésite un instant, mais elle ne se retourne pas. Tandis qu'elle descend l'escalier lui reviennent un chant de ruisseau, les bruits de sa première école, les maisons basses de Vroncourt et les cyprès du cimetière où elle n'est jamais revenue, des senteurs de roses, de chaume, de foins à peine moissonnés. Elle pense qu'on a bien agi en la ramenant à Paris, que ces policiers, ce ministre sont aussi des êtres humains malgré tout ce qu'elle a pu dire, que maintenant, bon gré mal gré, elle doit marcher jusqu'à sa fin, éperonnée par la douleur, étourdie par le dur travail qu'elle doit mener, coûte que coûte, pour que sa vie dans ce bas monde n'ait pas été vécue pour rien.

La foule des grands jours accompagne sa mère à Levallois-Perret où sont déjà les deux tombeaux de

Théophile et de Marie, couverts de mousse et d'immortelles. Ironie du dieu des révoltes. Ils sont tous venus en amis, les artisans de Saint-Antoine, les militants, les ouvriers, les durs à cuire de Montmartre, de Belleville et de Ménilmontant, tous ceux que la vieille bigote traitait de marlous, de brigands quand sa fille en leur compagnie dépavait les rues de Paris. La grande citoyenne absente, ils sont des dizaines de mille à être pour elle accourus. « Au nom des groupes anarchistes », on lit des discours sur la tombe de la confite en religion, on la remercie de bon cœur d'avoir donné si volontiers à la noble cause du peuple cette femme héroïque et simple toujours debout dans le malheur, on appelle une fois de plus au combat pour la liberté, pour la fin des misères noires, pour l'avènement du bonheur.

Louise, dans son cachot, se tait. Sans doute même se dit-elle qu'elle ne parlera plus jamais.

Elle ne reste que quelques jours à la prison Saint-Lazare en compagnie de ces putains qui n'ont pas de mots pour l'amour mais savent ce qu'est la souffrance. Elle est reconduite à Clermont. Le directeur lui fait savoir qu'elle pourrait être libérée, pour peu qu'elle demande sa grâce. On l'a informée en haut lieu qu'elle l'obtiendrait probablement au prochain quatorze juillet. Elle lui répond qu'elle n'en veut pas. « Vous aimeriez que je pardonne l'injustice que j'ai subie. Eh bien, monsieur, n'y comptez pas. Je vous laisse avec votre honte.

J'ai été condamnée à six ans de prison, je prétends accomplir ma peine jusqu'au bout. »

C'est dans sa cellule ascétique encombrée de feuillets épars qu'elle apprend la mort de Victor Hugo, son maître de toujours, son cher compagnon d'âme. Elle ne lui écrivait plus guère depuis qu'on le fêtait partout. « À quoi bon ? Je l'aimais, dit-elle. Mais je n'avais aucun besoin d'aller à lui aux jours joyeux. » Elle élève pourtant la voix quand elle apprend le nom de l'homme que l'Académie a choisi pour lire l'éloge funèbre de ce grand frère des proscrits : Maxime Du Camp, le mondain, le très élégant courtisan de « Napoléon le petit » qui applaudissait en gants blancs les fusilleurs de Satory, aux heures rouges où le poète offrait son pain et sa maison aux derniers survivants de mai. Louise alerte ses vieux amis. « Ce sinistre histrion, ce mouchard, écrit-elle, est une insulte à nos martyrs. Il faut l'empêcher de parler. » On l'entend, au-dehors, on proteste, on remue. L'Académie craint la tempête, ôte Du Camp, nomme à sa place un incertain Émile Augier. Louise retourne à ses feuillets, à ses *Prisons*, à son silence.

Quelques mois passent, et c'est Vallès qui s'embarque pour l'Inconnu. Elle reste les yeux dans le vague des jours durant. Elle est à bout. Elle ne vit plus qu'avec ses morts. Elle est maigre comme une ermite. On craint, si elle meurt emmurée dans ce trou de basse justice, de réveiller le vieux volcan mal endormi sous les pavés. Freycinet, le nouveau ministre, l'amnistie. Il signe sa grâce. Elle lui répond d'aller au diable. « Je ne vous ai rien demandé. » Le directeur de la prison lui ordonne de déguerpir. « Et si je refuse, dit-elle, à quoi me condamnerez-vous ? »

Elle réfléchit pourtant. Elle finit par céder. « Je suis inutile en prison. Libre, je peux trousser mes manches et tenter encore et encore de ratiboiser les vieux murs de ce monde mal fagoté. » La voilà dehors. On la fête. Ses amis la supplient de prendre du repos. Elle en ricane. « Du repos ? J'en prendrai bientôt, je l'espère, auprès de Marie, de ma mère. » Pour l'instant, elle n'a qu'une idée : reprendre sans tarder sa tournée de meetings, replanter dans le cœur des gens le désir de révolution. Vivre, pour elle, désormais, c'est se distraire de ses morts. Y parvient-elle ? Presque pas. Elle loge maintenant à Levallois-Perret pour être au plus près de leur tombe, rue Victor-Hugo, la grande ombre qui accompagne aussi ses jours.

1888, vingt-deux janvier. Elle est au Havre. Il neige dru dehors. Elle parle. Tout va comme à l'accoutumée. La salle obscure la regarde et s'abreuve de ce qu'elle dit. Un coup de feu soudain, un éclair dans le noir. Elle se tait, chancelle, s'effondre. Affolement, tumulte, cris. Ruée rageuse autour d'un homme parmi les chaises renversées. On le saisit, les poings s'abattent. Louise se redresse. Elle est sauve. La balle a effleuré sa joue. Elle saigne de l'oreille droite. Elle hurle :

– Ce n'est rien, c'est un fou, laissez-le !

La police accourt. L'homme est pris. Il s'appelle Lucas. Il se dit catholique. Louise doit porter plainte. Elle refuse, elle affirme qu'il ne lui a fait aucun mal, qu'il n'est qu'un ignorant victime de la peur qu'on lui a mise en tête. On le jette en prison. Elle se soucie de lui, elle lui écrit, le réconforte. « Je connais un bon avocat, nous paierons, mes amis et moi, votre défense, n'ayez crainte, il vous rendra à votre épouse, à vos enfants, à votre vie. » Lucas est jugé, acquitté. Avec son ardeur coutumière, Louise a plaidé pour qu'il le soit. À celui qui voulut sa mort, elle a même offert un poème étrangement compatissant. Ses amis ne comprennent pas, ses ennemis encore moins. On la questionne. Elle s'en agace. Elle n'a rien à dire, vraiment, de cette affaire minuscule. Elle a fait selon sa nature, ou sa folie, elle ne sait pas.

27.

1890. Le premier mai s'annonce noir. Dans les usines, les fabriques, on s'enfièvre, on serre les poings, on ose enfin gronder plus fort que les machines. Louise tient des meetings partout où on l'appelle, mais dès qu'elle s'en revient chez elle c'est pour s'enfermer, enfin seule, avec ses piles de papiers, ses songes, ses foules d'idées. Retour aux sources de Vroncourt. Dans le nid secret de sa tour où elle envoyait à Hugo ses premiers vers adolescents, elle ne rêvait que de cela, écrire, inventer des romans, des opéras, des avenirs, composer des poèmes à la sombre musique, tendres, tumultueux, indignés, sarcastiques. Ni ses combats, ni ses tempêtes, ni ses brisements, ni ses deuils n'ont jamais éteint son désir. Rien ne l'empêche plus d'être enfin, aujourd'hui, écrivain à plein temps, ou presque. Quand sa plume court sur la feuille (grincements vifs, lettres penchées), elle est où son cœur se sent bien. Elle aimerait évidemment vivre sans gros souci des ventes de ses livres. Elle en survit, et plutôt mal. Elle harcèle ses éditeurs, demande à l'un cent francs d'avance pour un recueil de poésies, soupçonne un autre d'égarer ses manuscrits, par malveillance, accuse ces faiseurs d'embrouilles de trop tarder à la payer, alors qu'elle doit quatre loyers et que son oncle, le pauvre homme, achète son pain à crédit.

Car outre ses propres tracas elle porte ceux de sa famille qui se traîne, comme beaucoup, de gros ennuis en vrais malheurs. Elle écrit donc au jour le jour plusieurs ouvrages en même temps pour repriser le trou sans fond du porte-monnaie d'une cousine, acheter du bois de chauffage pour une tante maladive qui ne passera pas l'hiver, payer la chambre sous les toits d'une sans-abri sans souliers. Prolifique autant qu'increvable, elle propose à l'un ses *Mémoires*, à l'autre un conte pour enfants, ailleurs une pièce injouable, mais rien ne va comme elle voudrait. Alors elle rumine, elle s'agace, elle voit partout des ennemis, des censeurs, des voleurs d'histoires, mais non, en vérité personne ne l'escroque ni ne veut lui clouer le bec, elle est désordonnée, c'est tout, ses livres ne se vendent guère et les éditeurs ne sont pas les bienfaiteurs qu'elle espérait.

N'empêche, où l'on a besoin d'elle, elle va droit, sans rien demander. Fin avril, on l'appelle à Vienne (non point en Autriche, en Isère). Voyage en train, depuis Paris, avec son ami Tennevin. Elle aime le chemin de fer. Elle éprouve un plaisir d'enfant à découvrir des paysages, des forêts, des prés, des clochers, des fermes où elle n'ira jamais. Les orateurs sont attendus au théâtre municipal. La foule obscure, remuante, déborde jusque dans la cour. Tennevin parle à l'intérieur, Louise dehors, sur un perron, en haut de quelques belles marches. Tribune magnifique. Elle s'y sent en plein ciel, et la multitude l'enflamme. Que dit-elle ? Ce qui lui vient, elle ne sait trop, elle improvise. Elle prêche la grève. On l'acclame. Le peuple ouvrier n'en peut plus. À l'usine de drap, du lundi au dimanche, on trime sans lever le nez seize ou dix-sept heures par jour. On y respire une poussière qui fabrique bon an mal an son convoi de morts de fatigue et d'estropiés des poumons. Les malades ? Qu'ils crèvent. On les jette à la rue dès qu'ils ne peuvent plus servir. La grève est décidée. Louise et son compagnon s'en retournent à Paris où ils ont promis d'assister au défilé du premier mai.

Arrivée gare de Lyon. Quatre hommes, sur le quai, s'avancent à leur rencontre. Vestes de toile bleue, casquettes prolétaires. « Des camarades », pense Louise. Elle les salue, elle leur demande où et quand elle devra parler. L'un d'eux lui répond :

– N'ayez crainte. Accompagnez-nous, s'il vous plaît.

Il lui prend le bras. Elle s'étonne. Elle ronchonne :

– Hé, je sais marcher !

Elle comprend. Elle dit :

– Policiers ?

Ils sont deux, maintenant, à lui tenir les manches. Tennevin, derrière elle, est lui aussi cerné. Ils sont amenés au dépôt. Fouille, interrogatoire, accusation (polie) : la grève est un grave délit. Or ils ont quasiment forcé d'influençables employés à interrompre leur travail et, pire, à saccager l'usine de tissu qui leur permet de vivre. Louise sourit. Elle ignorait ce ravage d'après-meeting. Elle ne nie pas. Elle est contente. Elle le dit et cela se voit.

Deux jours de cellule, au secret, après quoi déménagement. On les transfère à Saint-Étienne où doit être, à ce qu'on leur dit, instruite l'« affaire de Vienne ». La prison du lieu est vivable, il s'y trouve une bibliothèque. Elle y relit Dickens, découvre Walter Scott. « Moments rafraîchissants, dit-elle. J'entends, du fond de mon cachot, murmurer des sources lointaines sous les grands arbres des forêts. » Complément d'instruction. On les ramène à Vienne. Voilà Louise de nouveau bouclée, mais cette fois, bonne surprise, c'est en compagnie des drapières qui ont mis leur usine à mal. De fait, leur crime est anodin. Elles ont jeté par la fenêtre une pièce de ces tissus qu'elles fabriquent à si grande peine et qui leur rapportent si peu. Instruction terminée, comparution, verdict. Liberté provisoire. La madone des pauvres encombre. Mieux vaut donc s'en débarrasser. Le directeur de la prison vient dire à Louise qu'elle est libre et lui ordonne poliment de vider à l'instant les lieux. Elle répond qu'elle n'est pas pressée. Elle n'acceptera de partir qu'avec Tennevin et ces femmes qui n'ont rien à se reprocher. Sinon, elle reste. Elle les attend.

Des gardes veulent à toute force la tirer hors de son cachot. Alors une fureur effrayante l'emporte. Elle gifle, elle cogne, elle mord, elle hurle, elle fracasse contre les murs ce qui lui tombe sous la main. On la renferme. Elle braille encore, s'acharne des pieds et des poings contre la porte verrouillée, elle se calme enfin, elle divague. On l'entend vaguement gémir. On appelle un docteur, il accourt, il lui parle. Elle le repousse. Il ne peut rien, même pas lui prendre le pouls. Il ne sait que dire, il suggère qu'il serait opportun, peut-être, de l'interner deux ou trois jours. On tergiverse. Un commissaire rédige un rapport accablant agrémenté de témoignages évidemment tous policiers. Le lendemain, dans les journaux, grand concours de manchettes grasses. Coup de folie ! Délire à Vienne ! Louise Michel sous son vrai jour ! La madone rouge ? Une ogresse ! Selon les quartiers de Paris on ricane ou l'on se désole, on goguenarde ou l'on se tait. De rares compagnons s'obstinent à la défendre. « Elle est folle ? lance Roullot à ceux qu'il nomme les “gavés”. Oui, sans doute, folle à lier. Pensez, elle donne tout aux pauvres ! »

Sa crise, en vérité, n'a pas duré longtemps. Le médecin était encore à bavarder dans le couloir qu'elle avait déjà retrouvé à peu près son calme ordinaire. Elle est jugée irresponsable. On la met prudemment dehors. Elle s'en retourne à Levallois.

Elle s'enferme. Elle est atterrée par les sottises et les choux gras que la presse ne cesse pas, jour après jour, de mijoter. Elle s'est mise en colère, soit. Il n'y a pas de quoi tant médire. Elle vit depuis quelques années avec une nouvelle amie toute dévouée à sa vie. D'où la connaît-elle ? On ne sait. Charlotte Vauvelle. Elle est jeune, elle s'inquiète pour sa compagne, elle la raisonne, elle la console. Ne veut-elle pas s'éloigner, quitter la France, au moins le temps que les sales rumeurs s'apaisent, que les mouchards l'oublient un peu ? Bonne idée. Au diable Paris, ses journaleux, ses ricaneurs. Elles font leur bagage au mois d'août et partent s'établir à Londres. Louise y revit, se ravigote à retrouver des communards aux idées toujours aussi fraîches, à fréquenter des compagnons rescapés des batailles rouges, des révolutions étouffées qui couvent partout en Europe. Italiens, Espagnols, Russes, Grecs, Allemands, tous ont entendu parler d'elle. Elle se nourrit de leurs récits, de leurs idées, de leurs combats.

Elle se lie d'affection, surtout, avec le prince Kropotkine, théoricien de l'anarchie, « apôtre de l'humanité et savant encyclopédique », selon cette amie toute neuve qui s'étonne et qui s'émerveille de reconnaître en cet exilé bienveillant un jumeau de cœur et d'esprit. « Cet homme qui a tant souffert ne supporte pas la souffrance que l'on inflige aux pauvres gens. Il est sensible au point que la moindre misère subie par quelque infortuné l'absorbe tout à son service et lui mouille les yeux de pleurs. » Elle dit cela de lui et le trouve admirable. Elle ne sait pas qu'elle est semblable, ou elle ne veut pas le savoir. Elle va souvent chez lui, elle s'y sent à son aise. « J'y travaille parfois », dit-elle. Elle a, avec le vieux penseur, de fréquentes conversations qui l'éclairent et l'enthousiasment. Elle est depuis toujours affamée de savoir. Des heures durant elle l'écoute avec une passion gourmande. Il affermit ses choix, ses idées, son courage. L'anarchisme est décidément ce qu'il faut à l'humanité, à ses désirs de liberté, de découvertes, de grand large, elle en est maintenant plus que jamais certaine.

Pour se rendre chez Kropotkine, elle doit passer par Whitechapel. Ruelles sordides, taudis, enfants mendiants, vieux éclopés. Elle s'attarde toujours un moment auprès d'eux et distribue aux uns et aux autres sa monnaie jusqu'au dernier sou.

– Pousser ces gens à la révolte ? Je le devrais. Je ne peux pas, dit-elle un jour à son ami. Mais savoir qu'ils crèvent de faim, traverser leur misère noire, indifférente à leur malheur, et m'éloigner sans rien donner, pardon, je ne peux pas non plus.

Il la comprend, et ses yeux brillent. Il murmure :

– Ma chère amie, nous sommes trop sentimentaux pour être de bons combattants.

Pourtant, tandis qu'à Londres elle écrit, fait l'aumône et prêche la Révolution dans des salles des quartiers pauvres endimanchées pour l'occasion, l'Anarchie, à Paris, s'habille en rouge sang. Le désespoir rend fou en cette fin de siècle. La misère du peuple est un tunnel sans fin. Pas de lumière au bout. De l'enfance à l'usine et de l'usine au trou on se résigne, le dos rond, à l'écrasement lent sous le labeur des jours et au mépris lointain des quartiers convenables. Mais tous ne baissent pas le front. Pour certains, une vie pareille ne doit pas être supportée. L'attentat, voilà leur réponse à l'arrogance de ces gens qui n'ont de cœur qu'en portefeuille.

Ravachol fait sauter le restaurant Véry. Vaillant hurle sa haine au monde en faisant exploser sa bombe parmi les bancs des députés, en pleine Assemblée nationale. Émile Henry, alias Saint-Just, lance la sienne à la terrasse (il y avait foule ce jour-là) du fameux café Terminus, près de la gare Saint-Lazare. Sante Jeronimo Caserio, entre-temps, a poignardé Sadi Carnot, président de la République. Tous sont pris et guillotinés. La peur du diable terroriste enfiévrera pourtant durablement Paris.

Que dit Louise de tout cela ? Que ces gens sont des justiciers et qu'elle les approuve hautement. « Le peuple n'a que trop saigné. Nous n'avons plus d'autre moyen pour en finir avec ce monde. Des hommes se révoltent. Ils tuent. Ceux qui les jugent criminels savent-ils ce qu'est la misère ? » Étrange sainte, en vérité. Elle justifie la guerre aveugle et vient en aide autant qu'elle peut aux mendigots de Whitechapel, après avoir plaidé pour le pauvre Lucas, son assassin manqué. De quel camp est-elle vraiment ? Elle parle trop parfois, et mal. Elle aime provoquer, effrayer le bourgeois. Elle ne peut s'empêcher d'être excessive en tout. Mais faire exploser une bombe parmi les tables d'un café ? Elle n'aurait jamais fait cela, sauf peut-être devenue folle à force de deuils, de prisons, d'indignations, de mal des autres. Elle a failli parfois, mais non, la vie, son âme, on ne sait quoi l'a toujours ramenée à temps du côté du travail à faire, de la compassion, de l'espoir, de l'attention inquiète aux autres.

Dix ans encore à Londres, à Paris, à Bruxelles, en Algérie, partout en France, elle parle, accuse, attaque, prêche, éclaire l'avenir, désigne la lumière, là-bas, au bout des temps obscurs. Vieillit-elle ? Elle n'en a pas le temps. Qu'espère-t-elle désormais ? Le bout du chemin, le silence, le repos enfin sans souci auprès de ceux qu'elle a aimés. Elle s'étourdit utilement en attendant la fin du livre que sa présence au monde écrit.

Avant-dernier feuillet : Toulon. Une congestion pulmonaire la tient dix jours, exsangue, au lit.

– La grève vient, je veux en être, dit-elle au docteur Berthollet qui ne quitte pas son chevet. Je mourrai plus tard, s'il vous plaît.

Tant bien que mal elle se requinque. On la croit à jamais perdue pour les tribunes populaires. Erreur, elle repart en tournée. Dernier discours. Sa voix étrangement paisible impose un silence si pur qu'on entendrait même un murmure. « J'ai approché la mort, dit-elle. Nous avons parlé toutes deux, et je suis revenue de ce moment près d'elle emplie d'amour si vaste qu'il ne peut être dit. Je ne sais plus haïr. Je ne sais plus qu'aimer. Les êtres du futur comprendront ces mystères. Le temps où tous seront conscients est encore loin, je le sais, mais il viendra, ayez confiance. Vos misères auront une fin. »

Nouvelle pneumonie. Dernier feuillet du livre. Neuf janvier 1905, Marseille, hôtel de l'Oasis, elle ferme les yeux et se tait. Elle avait soixante-quinze ans. Peu importent ses funérailles, foule innombrable, beaux discours. Elle est à Levallois-Perret, à jamais auprès de sa mère, de Théophile et de Marie. Tout est simple enfin. Elle va bien.

Repères historiques

1830

29 mai – Naissance de Louise Michel au château de Vroncourt (Haute-Marne).
Juillet – À Paris, ouvriers et étudiants se révoltent. Le roi Charles X (qui a succédé, en 1825, à Louis XVIII) est forcé de fuir. Louis-Philippe, « roi des Français » et non plus « roi de France », est intronisé à sa place. Les journées révolutionnaires connues sous le nom des Trois Glorieuses auront tout de même fait 800 morts et 4 500 blessés.
Novembre – Stendhal publie *Le Rouge et le Noir.*

1831

21 novembre – Premier jour de la révolte des Canuts, à Lyon.

1832

Mars-septembre – Épidémie de choléra à Paris.
5-7 juin – Nouvelles émeutes populaires.

1840

2 avril – Naissance d'Émile Zola.

28 juillet – Inauguration, place de la Bastille, de la colonne de Juillet, à la mémoire des insurgés de 1830.

15 décembre – Les cendres de Napoléon arrivent aux Invalides.

1843

3 septembre – Inauguration de la ligne de chemin de fer Paris-Orléans.

1848

22-24 février – Paris s'insurge. Fin du règne de Louis-Philippe.

4 mai – Proclamation de la IIe République.

4 juin – Élection de Victor Hugo et de Louis-Napoléon Bonaparte à l'Assemblée nationale.

1851

2 décembre – Coup d'État de Louis-Napoléon Bonaparte.

1852

2 décembre – Proclamation du Second Empire, Louis-Napoléon Bonaparte devient Napoléon III.

1853

Juin – Haussmann, préfet de la Seine, commence à Paris ses grands travaux.

1854-1856

La France et la Grande-Bretagne s'engagent dans la guerre de Crimée (mars 1854) au côté de l'Empire ottoman contre la Russie. Victoire de l'Alma (septembre 1854). Prise de Sébastopol (septembre 1855). Traité de Paris (mars 1856).

1857

7 juillet – Baudelaire et son éditeur sont condamnés pour « outrage à la morale publique » après la publication des *Fleurs du Mal.*

1859

26 avril – Napoléon III déclare la guerre à l'Autriche. Campagne d'Italie. Victoires à Magenta et à Solférino.

1862

30 mars – Parution des *Misérables*, de Victor Hugo.

1868

6 juin – Les réunions publiques étaient interdites, elles sont désormais autorisées. Il est permis de s'assembler pour discuter de questions industrielles, agricoles ou littéraires.

1870

19 juillet – La France déclare la guerre à la Prusse.
2 septembre – Napoléon III, battu à Sedan, capitule.
4 septembre – L'Assemblée nationale annonce la déchéance de Napoléon III et proclame la IIIe République.
18 septembre – Les Prussiens assiègent Paris. Les Parisiens résistent.

1871

28 janvier – Armistice et fin du siège.
26 février – L'Assemblée nationale réfugiée à Bordeaux signe le traité de paix avec la Prusse. Il prévoit l'occupation de l'Ouest parisien par les Prussiens. Les républicains sociaux estiment ces conditions humiliantes et s'y opposent.
Mars – L'Assemblée nationale supprime la solde des gardes nationaux. Ils s'organisent en fédération des bataillons. Leur mot d'ordre : résistance et avènement de la République sociale. La Garde nationale et ses fédérés reçoivent le soutien du Comité central des vingt arrondissements de Paris. L'Assemblée nationale et le gouvernement s'installent à Versailles.

26 mars – Dans Paris insurgé, élection des 90 membres du Conseil communal, qui prend le nom de Commune de Paris.
14 mai – Thiers, chef du gouvernement, refuse d'échanger 74 otages détenus par la Commune contre le seul Blanqui emprisonné à Morlaix.
21 mai – Les troupes versaillaises entrent dans Paris par la porte de Saint-Cloud. C'est le début de la Semaine sanglante. Bilan : 30 000 morts communards, 880 versaillais.

1873

9 janvier – Mort de l'ex-empereur Napoléon III en exil.
24 mai – Démission de Thiers. Le maréchal Mac Mahon est élu président de la République.
16 septembre – Fin de l'occupation prussienne.
Au cours de cette année, on ne sait exactement quand, Rimbaud écrit *Une saison en enfer*.

1876

Février-mars – Élections législatives. Succès des républicains.
8 juin – Mort de George Sand.

1879

30 janvier – Démission de Mac Mahon. Nouveau président de la République : Jules Grévy.
14 février – *La Marseillaise* devient l'hymne national.

1880

8 juin – Le 14 juillet devient fête nationale et la devise «Liberté, Égalité, Fraternité» devra désormais être inscrite au fronton des édifices publics.
11 juillet – Amnistie des communards.

1882

16 juin – Vote de la loi Jules Ferry: l'école primaire est désormais laïque, gratuite et obligatoire.

1884

Mars – Les syndicats professionnels sont autorisés.

1885

1er juin – Funérailles nationales de Victor Hugo.

1887

Décembre – Démission de Jules Grévy. Sadi Carnot est élu président de la République.

1889

31 mars – Inauguration de la tour Eiffel.
6 mai – Ouverture de l'Exposition universelle à Paris.

1891

1er mai – Répression sanglante d'une manifestation ouvrière à Fourmies.

1894

24 juin – Assassinat de Sadi Carnot par Caserio, anarchiste italien. Casimir-Périer le remplace.

1898

13 janvier – Émile Zola prend parti dans l'affaire Dreyfus et publie son *J'accuse* dans le journal *L'Aurore*.

1900

Juillet – Inauguration de la première ligne du métro parisien.
30 septembre – Réduction de la journée de travail à 11 heures.

1904

30 avril – Début d'une importante vague de grèves ouvrières.

1905

9 janvier – Mort de Louise Michel à Marseille, à l'hôtel de l'Oasis.

DU MÊME AUTEUR

Aux Éditions Albin Michel

PAROLES DE CHAMANS, 1997.

LE SECRET DE L'AIGLE, en collaboration avec Luis Ansa, 2000, et Espaces libres, 2008.

L'HOMME QUI VOULAIT VOIR MAHONA, roman, 2008, et Points, 2009.

LE LIVRE DES CHEMINS, 2009.

L'ENFANT DE LA NEIGE, 2011.

PETITS CONTES DE SAGESSE POUR TEMPS TURBULENTS, 2013.

Composition IGS-CP
Impression CPI Bussière en avril 2014
à Saint-Amand-Montrond (Cher)
Editions Albin Michel
22, rue Huyghens, 75014 Paris
www.albin-michel.fr
N° d'édition : 20673/01. – N° d'impression : 2008888.
Dépôt légal : mai 2014.
ISBN 978-2-226-25803-8
Imprimé en France.